OS LEMMINGS
E OUTROS

Fabián Casas

OS LEMMINGS
E OUTROS

Tradução
JORGE WOLFF

Posfácio
CARLITO AZEVEDO

Rocco

Título original
LOS LEMMINGS Y OTROS

Copyright © 2005 *by* Fabián Casas
Agencia Literaria CBQ, SL
info@agencialiterariacbq.com

Todos os direitos reservados, inclusive o de reprodução,
no todo ou em parte, sob qualquer forma.

Direitos para a língua portuguesa reservados
com exclusividade para o Brasil à
EDITORA ROCCO LTDA.
Av. Presidente Wilson, 231 – 8º andar
20030-021 – Rio de Janeiro – RJ
Tel.: (21) 3525-2000 – Fax: (21) 3525-2001
rocco@rocco.com.br
www.rocco.com.br

Printed in Brazil/Impresso no Brasil

coordenação da coleção
JOCA REINERS TERRON

revisão idiomática
LUCIANA DI LEONE

preparação de originais
JULIA WÄHMANN

CIP-Brasil. Catalogação na fonte.
Sindicato Nacional dos Editores de Livros, RJ.

C33L   Casas, Fabián, 1965-
          Os Lemmings e outros/Fabián Casas; tradução de Jorge Wolff;
       posfácio de Carlito Azevedo – Rio de Janeiro: Rocco, 2013.
       (Otra língua)
       14 cm x 21 cm

             Tradução de: Los Lemmings y otros.
          ISBN 978-85-325-2859-9

          1. Ficção argentina. I. Wolff, Jorge. II. Título. III. Série.

                                                CDD–868.99323
13-01599   CDU–821.134.2(82)-3

Sumário

Os Lemmings 11

Quatro fantásticos 29

O bosque maneiro 41

Casa com dez pinheiros 59

Asterix, o zelador 71

A mortificação ordinária 101

O locutor 115

Apêndices a O bosque maneiro 129

Posfácio
por Carlito Azevedo 149

Tudo para Guadalupe

Eu queria ser *Astroboy* e *Astroboy* queria ser eu.

DOMIN CHOI

Os Lemmings

"Um bando de porcos-espinhos se amontoava apertadamente num frio dia de inverno, para se proteger do congelamento com o calor mútuo. Logo começaram, no entanto, a sentir as pontas dos demais, o que fez com que se afastassem de novo. Quando a necessidade de calor os aproximava outra vez, se repetia este segundo mal, de modo que se moviam entre ambos os sofrimentos, até que encontraram uma distância conveniente dentro da qual podiam se suportar da melhor maneira."

– ARTHUR SCHOPENHAUER

A ditadura foi a disco music. Estava no lugar errado no momento errado. E se não, vejam-me: no meu quarto. Acabo de voltar do cine Lara, na avenida de Mayo. Venho de assistir a *The song remains the same*, do Led Zeppelin. Todos os sábados via com meus amigos esse mesmo filme. Na sessão coruja. Mal terminava, eu pegava o ônibus para chegar rápido em casa e trocar de roupa. Agora os bambas pretos, o lenço que usava no pescoço, os jeans e o casaco preto caem desordenados sobre a cama. No céu está o sinal dela. É preciso se apressar. Ponho a calça social azul, as botas pretas de salto, uma camisa de seda branca, o terno branco com ombreiras. Aliso os cachos com gomalina, me perfumo. Pronto, sou um Travolta de chocolate Jack. Antes de sair, me olho no espelho do guarda-roupa. Perfeito. Quero poder ir caminhando com a tranquilidade de que a discoteca é a minha segunda casa. Nada mal, me digo, levar esta dupla vida por amor.

Para que se entenda qual era o sinal que estava tatuado naquele céu cinza de fins dos 70 (se de fato querem escutar outra história de amor com final mortal), aí vai. Começa durante esse período da nossa vida chamado Escola Primária. Estou no pátio do colégio Martina Silva de Gurruchaga. Faz um frio letal. É o segundo recreio, o mais longo. Quinta série. Me custou muito chegar até aí. Ao meu lado está Mariano Gatto, meu melhor amigo desse ano. Durante o primário tive um melhor amigo por ano. Nos fogões da cozinha do colégio esquentava-se o chá-mate que nos davam todos os dias acompanhado de um pão miserável, no terceiro recreio. De repente, Gatto me diz para olhar essa menina que está se inclinando sobre o bebedouro para tomar água. Com as mãos segurava o cabelo castanho, para que não se interpusesse entre o jato de água e a boca. E, ao se inclinar, o guarda-pó plissado até os joelhos ia se levantando, deixando a descoberto umas coxas tensas. Tudo isso adereçado com umas meias marrons, três quartos, que penetravam nos mocassins pretos. Senti pela primeira vez, sem nenhuma dúvida, que gostava das mulheres.

Em seguida comecei a investigar... Tinha um irmãozinho na terceira série, o seu pai era taxista e a sua mãe era gorda, como a minha! Vivia no nono andar do edifício da esquina do colégio, na Independencia com Boedo.

Eu vivia na Estados Unidos com Boedo, a um quarteirão e meio. Da esquina da minha casa podia ver o teto metálico da sua varanda. Às vezes, durante a noite, estava iluminado. Via sombras que se moviam nesse recinto bendito. Meses mirando esse ponto como se fosse um farol. E quando voltava das férias corria até a esquina para ver se continuava estando aí... Tinha medo de que alguém tivesse a ideia de demoli-lo.

Por outro lado... Durante um ano não avancei muito... Na realidade, nada. Suponho que inconscientemente esperava que o destino pusesse uma ficha a meu favor e que de repente eu me encontrasse com ela nos braços, salvando-a de um incêndio no colégio. E ainda que não avançasse nem um milímetro na minha tarefa de conquistá-la, e ainda que ela pusesse sobre mim a mesma expectativa que deveria sentir diante de qualquer objeto insignificante, a minha atenção não cedia nem um minuto. Eu a seguia com o olhar nos recreios e classificava o seu comportamento como se o FBI tivesse me encarregado de um trabalho minucioso. Tinha um arquivo mental. Patricia Alejandra Fraga. Sexta série. Amigas no colégio: duas. Uma japonesa de nome no momento desconhecido. A outra é gorda, usa meias brancas enroladas e, como tem pernas musculosas, os meninos chamam de Pinino Más. As três caminham de braços dados nos recreios.

Quando me juntava com o Gatto para fazer os deveres, trocávamos informação sobre a nossa menina. Se tinha sido vista sozinha comprando no mercado da Independencia, se ia ao cinema e a qual de todos os que havia em Boedo, que filme tinha visto etc... É estranho, quando penso sobre isso agora, mas certamente a sensação de que ela era impossível de conquistar nos irmanava em vez de nos confrontar. "No ano que vem vai estar na sétima e vai nos deixar", me dizia o Gatto, enquanto jogava o dado do Ludo. "No ano que vem", eu ruminava na minha cama, antes de dormir. Terminaram as aulas. Meus velhos me levaram a Mar del Plata para passar umas férias no coração do bronzeador. Terminou o verão. Entrei na sexta. Ela entrou na sétima. Estávamos na reta final. Então decidi fazer saque e voleio. Um dia, diante da radiovitrola da minha mãe, com um toddy na mão, repassei meu arquivo mental lentamente, como essas pessoas que caminham olhando a calçada porque perderam a carteira. Entre meus pertences de tantos meses de investigações obsessivas apareceu um garotinho meio loiro com franjinha, que estava na terceira série. O irmãozinho de Fraga. Tinha que chegar a ele para me aproximar dela. Estava claríssimo. Uma alegria imensa começou a saltar no meu peito. Era a Grande Ideia, superior mesmo à *IDEIA* de Hegel ou de qualquer outro alemão tresnoitado... Sem dúvida os meus pensamentos se potencializavam diante da radiovitrola. Sempre tinha sido esse o meu lugar de reflexão. Abria suas portas e tinha – à direita – a bandeja de discos, o rádio imenso; e – à esquerda – as garrafas de diferentes cores das bebidas finas que os meus velhos tomavam quando vinham visitas. Gostava de escutar os discos da minha velha. The Platters, Nicola Di Bari, Roberto Carlos... Escutava a voz aguardentosa de Di Bari cantando: "*Es la historia de un amor como no hay otro igual/que me hizo comprender, todo el bien todo el mal/que le dio luz a mi vida/apagándola después...*" Essa música me dava mais gás. Imaginava, enquanto a escutava, que me davam um prêmio por fazer gols no torneio do colégio. A Patricia estava na tribuna e perguntava à japonesa qual era o meu nome... Eu sou o herói do turno da manhã, lindona, o megagoleador de todos os tempos... Tomava um gole de toddy... Angel era o nome da criatura. O porquinho que tinha me proposto a temperar para chegar até Fraga. Quando o via correr pelo pátio do colégio, me transtornava pensando na intimidade que ele tinha com ela... Certamente dormia no quarto ao lado... Via-a quando saía do banho e quando se levantava... Escutava-a falar ao telefone... Comecei a me aproximar aos poucos. Presenteei-o com figurinhas que eu roubava do meu irmãozinho. E, no dia em que falou comigo, convidei-o para jogar futebol no terreno baldio da rua Agrelo. Era um lugar mítico onde iam os maiores do colégio. Antes havia ali um carrossel horrendo, que, por sorte, foi demolido. E ao lado se erguia a massa preta da fábrica de cigarros abandonada. Costumávamos trepar pelos telhados, para inspecioná-la... O *tano* Fuzzaro conhecia esse lugar à perfeição... Era nosso Stalker organizando tours pelas salas vazias, repletas do lixo mais disparatado: preservativos, mangueiras, gravatas, gatos mortos, cadeiras... Um dia encontramos uma revista pornográfica, chamava-se *Noite de Núpcias*... Não me deixou dormir por uma semana... A boa fama que o terreno baldio tinha entre os meninos de Boedo era inversamente proporcional à que tinha entre os pais. Ninguém queria ver seu filho trepando na parede imensa desse lugar abandonado. Por isso Angelito me disse que a sua mãe não o deixaria vir. Disse-lhe que, se fosse necessário, eu podia tratar de convencê-la. Ofereci até que a minha mãe ligasse para a mãe dele, para dar garantias! Eu era um veterano desse terreno e ainda estava vivo! Nada me deteria no plano de chegar até Patricia Alejandra Fraga! O tubarão-tigre anda sempre nadando ao rés do fundo... Não pode deixar de nadar nem um segundo porque se afoga... Palavra!

Um dia, a mãe do Angelito, e arquiteta da primeira maravilha do mundo, estava me esperando na saída do colégio. Nessa época não existia o rap, de modo que deve ter sido uma das precursoras. Improvisou um longo monólogo: "Então é você o famoso Andrés Stella? O Angelito passa o tempo todo falando de você. Me disse que quer levá-lo ao terreno baldio... Eu não vejo nenhum problema, mas meu marido é muito rígido nessas coisas, ele não gosta que o Angelito se junte com meninos maiores... Mas ele insistiu tanto que me parte o coração não deixá-lo ir." Era uma mulher gorda, mas linda, como se alguém tivesse exagerado ao inflá-la. O rap continuou com uma ladainha sobre a dificuldade de cuidar de um garotinho e os perigos da rua depois de determinada hora: "Mas, se você vem buscá-lo, também tem que se comprometer a trazê-lo em horário estipulado pelo meu marido..." Com isto, disse, eles eram muito rigorosos... Um segundo de demora e acabou. Certamente ela pensava que eu tinha alma de seminarista ou algo similar... Que a razão de minha vida era cuidar de crianças... Não sei... No final terminou me agradecendo pela preocupação que eu demonstrava pelo Angelito e me disse que sim, que ia deixá-lo ir ao terreno. Podia passar para buscá-lo a "determinada hora" todas as tardes... Vantagem Stella, diriam no tênis...

O Angelito passa o tempo todo falando de você... Essa frase acelerava o meu coração. O garotinho talvez falasse de mim diante dela... Talvez o meu nome a intrigasse... Imaginava a mesa familiar: o pai, a mãe, as crianças frente a frente e de repente... Meu nome!... Correndo pela mesa... Ricocheteando na pele dela... Andrés Stella, Andrés Stella, Andresssestella... Fácil de memorizar! Eu repetia o meu nome várias vezes enquanto percorria o caminho para buscar o garotinho. E quando tocava no interfone eu tremia, e o meu nome, de tanto repetir, me soava estranho. E, ainda que esperasse que a voz dela saísse por esse coador eletrônico, sempre era a mãe que me atendia: "Ah, sim, o Angelito já desce."

Quantos anos, Angelito, você terá agora? Continua cultivando a franjinha daquela época? Visitam a sua memória essas tardes de breu do terreno baldio da rua Agrelo? Você já terá se reproduzido? Deu-se conta em algum momento que só tinha interesse na sua irmã? Eu peço emprestado o marca-texto ao Marcel e trato de que fiquemos fosforescentes nas páginas daquele inverno. O *tano* Fuzzaro, o japonês Uzu, inventor do Boedismo Zen, as crianças da passagem Pérez, os irmãos Dulce... Muitos apagados antes do tempo com o liquid paper do Processo, das Malvinas e da Aids... O garotinho caminhava ao meu lado como se fosse um cão hiperdomesticado. Seguíamos a rotina palmo a palmo. Passava para buscá-lo, íamos para o terreno, armávamos os times com os que pintavam por ali. Angelito jogava sempre no que tinha os melhores jogadores... O *tano* Fuzzaro e os outros malucos não gostavam que o garotinho viesse jogar... "E se quebramos ele!", me diziam. Ou: "O que deu na sua cabeça pra trazer esse anão!"... O *tano* suspeitava de algo... O japonês Uzu também... O certo é que rolavam partidas incríveis. Tinha um jogador letal, chamava-se Cháplin – não Chaplín. Era um gênio magrelo que fazia o que queria com a bola... Como esses domadores que conseguem que o tigre faça qualquer bobagem. Às vezes, em pleno inverno, jogava quase nu... Quem contava com ele na equipe estava salvo. Também tinha o Tucho. Um anão que dominava a bola que era uma beleza. Jogava mascando chiclete. E era absolutamente horrível. A cara cheia de espinhas, os lábios leporinos. Mas no campo era como um albatroz no céu. Só podia ter vivido toda a sua vida numa várzea, dando esses passes milimétricos, algébricos, que eram a sua marca de fábrica. Tinha dois Tuchos porque eram gêmeos. Tucho o feio e Tucho o belo. Do belo, os pais tinham operado os lábios leporinos. O belo às vezes passava pelo terreno, mas só devolvia quadrada... O meu negócio era fazer gols. Tinha dias em que me levantava com uma vontade louca de fazer gols. Me ajudava muito que nos campinhos não existisse a lei do impedimento. Parava ao lado do goleiro e não deixava passar uma. Depois, quando chegava a casa, pegava um caderno Gloria e anotava os gols que tinha feito nessa tarde. Descrevia-os à perfeição. Mal terminávamos de jogar, a gente baixava no armazém do Ruivo para tomar cocacolas. Também fumávamos... Lembro do maço vermelho do Jockey Club na mão do *tano* Fuzzaro. O garotinho observava cada gesto nosso com um assombro indescritível. E, quando o levava de volta para casa, ele me pagava com sobras todos os meus esforços. Falava-me, de passagem, da sua irmã. "A Patricia discutiu ontem com a mamãe enquanto a gente comia", "a Patricia tem insônia e não pode dormir. Começa a caminhar pela casa e a mamãe se irrita". Nunca tinha escutado antes a palavra insônia... Isso me liquidou. Às vezes, quando eu não podia dormir, gostava de pensar que ela também estava desperta, caminhando pela casa. Éramos da mesma raça... Cedo ou tarde eu ia poder lhe explicar os meus pontos de vista sobre todas as coisas, os frutos das minhas reflexões diante da radiovitrola da minha velha...

Eduardo Canale chegou ao colégio quando estávamos na quinta série. Vinha de outro superexótico do bairro de Palermo. Um colégio que permitia que os alunos se expressassem nas artes... Como na *paideia* de Platão... Mas era pago e, por alguma desgraça pessoal de seus pais, o almofadinha terminou aterrissando no nosso Gurruchaga, um colégio de classe média para baixo, com salas descascadas e banheiros imprestáveis...

Parece que o vejo agora caminhando pelo pátio... O cara nem nos olhava, nos desprezava total. Vestia o seu guarda-pó sempre impecável. E uma gravata azul, calça de flanela cinza e sapatos pretos, brilhantes. Olhos verdes, cabelo louro, de franja, baixinho. Uma pinturinha! E, além disso, o filho da puta vivia no mesmo edifício de Fraga. Ele, no segundo "A" e ela, no nono "A". Quando a gente saía do colégio, ele, ela e o garotinho subiam juntos no mesmo elevador. Dois andares inteiros com ela! A imagem me perfurava a cabeça. Comecei a pensar em como me aproximar dele, mas o cara era inexpugnável. Até que aconteceu o incidente, a crônica de uma surra anunciada... A coisa podia ser sentida no ar. Canale era muito convencido e tinha-se armado uma grande lista de espera para estapeá-lo. O *tano* Fuzzaro queria detoná-lo por algum motivo que agora não lembro, mas que certamente era meio descabido... Então num recreio se armou o fuzuê... Nessa época havia uma forma de dançar as lentas (com o braço direito, reto, como formando fila, sobre o ombro esquerdo da menina) e uma forma de começar as brigas (empurrando-se). De modo que o *tano* começa a empurrá-lo... Os da sexta e da sétima os rodeiam... Nós da quinta também nos aproximamos... Afinal os gladiadores são da nossa sala e merecemos um lugar privilegiado... O *tano* tem a cara vermelha de ódio, vai construir antimatéria com o corpo do Canale... Solta três chicotadas, a cara do Canale se move ao compasso percussivo dos punhos do *tano*... Todas dão no alvo! Quatro, cinco, seis, *insert coin*, again... O sangue do Canale não poderá ser negociado nem envasado, cai aos jorros sobre sua gravata azul, seu guarda-pó impecável... Além disso, para sua desgraça, os professores estão na cozinha, conversando, tomando o seu chá... Uma raça bem domesticada... A gritaria é infernal. Eu começo a sentir essa merda de compaixão... E de repente estou sob as luzes do ringue, "chega, *tano*, chega", grito. E pego o Canale pela gola e o arrasto no meio da multidão de guarda-pós que gritam: "Morte, morte, morte." Meto-o no banheiro. Há um cheiro de merda terrível. Lavo-lhe a cara. Canale se olha no espelho e começa a chorar. "Minha cara, minha cara!", diz. Ao fundo, escuta-se que a gritaria do pátio vem caminhando em direção a nós... Olho através das portas do banheiro, que são similares às das cantinas do Velho Oeste... O *tano* vem à cabeça da turba... Quer arrematar o coitado do Canale... Quando alguém começa a ganhar, é difícil colocar limites... Imagino que o *tano* comanda um trenó de cães fabulosos e famintos. Canale pressente a hora da sua morte e fica branco Canson... Grito para ele: "se joga no chão, viado!" Quando o *tano* irrompe chutando as portas, eu estou levantando-o como posso... Sabe-se, Átila se preparava para apedrejar Roma inteira quando cruzou com o papa... Isso estava escrito nos oráculos e o bárbaro era supersticioso... Espantou-se... Deu marcha a ré... A cara do Canale demorou para recuperar a forma normal. E o seu convencimento também tinha chegado a seu teto. Era uma simples questão econômica, a dialética hegeliana do senhor e do escravo. Para sobreviver nesse colégio infernal, deve ter calculado, melhor o baixo perfil. Então começou a me cumprimentar, se notava que tratava de agradecer o resgate no recreio mortal... Era uma figura supersofisticada. Vinha com uns livros amarelos e ficava lendo no recreio. A coleção Robin Hood: *Bomba, o filho de Tarzan na catarata selvagem*, *A cabana do Pai Tomás*, *O Príncipe Valente*... Os livros traziam ilustrações. Ele me mostrava. Um dia me emprestou *O Príncipe Valente*. Li-o de uma sentada. Depois comentamos... O cara sempre tinha uma interpretação estranha dessas aventuras tão simples... Gostava de complicar as coisas... Odiava o sucesso fácil. Isso me deixava louco. Também lia em inglês... E até escrevia e desenhava quadrinhos. Assinava-os com o pseudônimo de Michael Dumanis. De onde diabos teria tirado esse nome? E o seu caderno de aula era a loucura: impecável, sem riscos nem rasuras. Os títulos sublinhados com dois riscos de canetinha, um vermelho e outro verde. As ilustrações que obtinha em decalque eram extraordinárias. E, quando lhe cabia passar à frente, dava cátedra.

Michael Dumanis respondia tudo o que lhe mandavam. Sabia até perfeitamente o que San Martín e Bolívar tinham falado naquela reunião famosa... A professora babava... Mas Dumanis não dava a sensação de ser um cdf típico; antes parecia que cumpria uma tarefa só para que o deixassem tranquilo... Era Paul Valéry convivendo com a torcida do Boca...

Eu continuava preso a minha ideia. E um dia o encarei. Disse-lhe que sabia que ele vivia no edifício dos Fraga. E que queria que ele me convidasse para subir os dois andares até o seu apartamento, com os irmãozinhos, ao sair do colégio. Fingiríamos, expliquei, que eu o acompanhava até sua casa. Canale pareceu deslocado por minha proposta. "Quero subir os dois andares com essa menina", repeti lentamente apertando-lhe um braço. "A Fraga?", me perguntou. "Sim", disse. "Você gosta dessa menina?" "Estou apaixonado por essa menina", repliquei. Realmente não me importava porra nenhuma contar-lhe tudo. Não tinha contado nem ao japonês Uzu, nem ao gordo Noriega, nem aos irmãos Dulce nem ao *tano* Fuzzaro. Porque não adiantava contar. O Dumanis me olhou fixo, acho que passou pela cabeça dele que eu pudesse ser um *serial killer*.

Saímos do colégio um ao lado do outro. O Canale caminhava como se eu lhe estivesse apontando uma arma. Depois saiu a Patricia e ficou na calçada esperando o garotinho. Nós estávamos na porta do edifício, fingindo uma conversa. Quando o Angelito saiu, ela pegou-o pela mão e caminharam até nós. Eu comecei a suar. Sentia eletricidade no peito e me faltava ar. "Oi, Eduardo", disse ela. Tinha uma voz incrível. O Canale se adiantou, abriu a porta e deu-lhe um beijo na bochecha. O garotinho me cumprimentou. Ela nem sequer me olhou. O *tano* Fuzzaro passou pela calçada com um bando de moleques, que se dispersavam... Me lançou um olhar lapidar... Não batiam as contas... Eu estava entrando com o imbecil do Canale em sua casa! O elevador era muito pequenino... Todo vermelho... Tinha um espelho... Nunca tinha estado tão perto dela. Usava uma colônia cheirosa. Íamos subindo lentamente em silêncio! Segundo andar! Desci junto com o Canale. Eu estava impregnado dessa colônia. Fiquei fera nesse aroma... Eu o distinguiria mesmo que estivesse no coração do Riachuelo...

Para a gente, um lugar de reflexão era a casa do *tano* Fuzzaro, na esquina da Maza e da Estados Unidos. Os velhos do *tano* eram médicos e tinham uma casa incrível, com jardim, quartos imensos, chaminés, era uma loucura... Só rivalizava com a casa de Yapur, nosso goleiro, que tinha uma piscininha – que parecia quase uma fonte de enfeite dessas que tem nas galerias –, onde nos metíamos todos comprimidos no verão. Era uma piscininha iluminada, com sapos e anões de jardim e plantas falsas, tudo falso! A gente ia à casa do *tano* com o pretexto de fazer os deveres todos juntos... Éramos um grupo seleto do Gurruchaga, uma irmandade de meninos herméticos... Custou-me muito incluir aí o Canale. Diziam que era um filho da puta convencido, mas eu lhes explicava que não era sangue ruim, que era apenas um cara estranho... E que podia nos ajudar com essa merda dos decimais... Quando as matemáticas começaram a deixar nossa bola quadrada, Canale conseguiu o visto para entrar. No início, o sacana só falava comigo, mesmo que fôssemos seis na sala, porém pouco a pouco foi se soltando. E até começou a tomar Talasa, o xarope que o *tano* consumia porque era fraco dos brônquios. O Talasa era genial... Com um gosto de morango e licor... Deixava umas cócegas no peito e um sono... Pensativos... A nossa baba caía enquanto a tarde de inverno passava lentamente... O Talasa levava a gente a falar sem ansiedade, cada um com os seus rolos... Nos irmanava... Tardes gloriosas do Talasa, vinde a mim!

Aí estamos, ao redor da estufa do quarto do *tano*... Sentados no tapete e na sua cama... Da esquerda à direita: o Canale, com os seus malditos livros sobre as pernas... O japonês Uzu – ou Japão, como a gente dizia – vestido com uma camiseta, ainda que fora parecesse o Polo Norte; o gordo Noriega, com o seu cheiro permanente de sêmen porque se masturbava forte; o *tano*, sempre com uma chapinha na mão, que jogava – como um tique – contra a parede enquanto falava e eu... contando pela milésima vez o grande truque de Fantasio... "O cara pegou seis crianças do público, pôs três de cada lado e pediu que, quando ele se deixasse cair, elas o segurassem", disse. "E?", me perguntaram todos em coro. "O Grande Fantasio disse: agora vou pesar 100 quilos"... "E?", voltaram a repetir todos em coro. "E as crianças não conseguiram segurá-lo", disse. "O Grande Fantasio se levantou, ajeitou o smoking e disse: agora vou pesar 70 quilos... E as crianças mal puderam segurá-lo", disse. "Então voltou a se levantar e disse, muito lentamente: agora vou pesar 10 quilos... E as crianças o faziam ondear!" Ninguém podia acreditar, era o grande truque. E eu arrematava com isto: "Na colônia de férias do San Lorenzo me encontrei com um garoto que uma vez segurou o Grande Fantasio no truque. Perguntei-lhe qual era a manha e ele me disse: simplesmente, de repente, o filho da puta não pesava nada". "Nãããooo!", gritavam todos em coro... O japonês Uzu era obcecado pela garrafa que o Super-homem tinha na Fortaleza da Solidão com os habitantes de Kandor – uma província de Kripton, seu planeta – miniaturizados mas vivos... Parecia-lhe incrível. "Não estaremos dentro de uma garrafa assim?", nos perguntava. "Você imagina Perón dentro de uma garrafa?, não acredito...", respondia o *tano* Fuzzaro. O estado de ânimo do *tano* dependia de como tinha se saído jogando chapinhas nos recreios. Jogava no espelhinho e por pontos... Algumas finais do *tano* no espelhinho com o russo Sclark foram memoráveis... Todas as chapinhas amontoadas, os dois rivais suando e tratando de derrubar a que fazia de espelhinho e de repente: zás! Um dos dois estava completamente melado!... Acho que o verbo melar desapareceu da língua, mas ao redor dos anos 70, em

Boedo, significava "perder todas as chapinhas". Quando melavam você, era o fim... O gordo Noriega foi melado uma vez e para sempre, nunca se refez dessa humilhação, deixou de comprar chapinhas... Quando estava no quarto do *tano*, curtido com Talasa, contava a história do Caburé, um pássaro – segundo ele – do norte do país que tem a particularidade de hipnotizar com seu canto os demais pássaros que o rodeiam. "Quando esses bichos estão extasiados escutando seu canto", dizia o gordo, "o caburé salta em cima deles, dá-lhes uma bicada na cabeça e come o cérebro deles." "Eeeeeeehh!", gritávamos. "Sério, babacas, meu tio Ernesto tinha um caburé engaiolado e soltou porque minha tia tinha medo dele, é um bicho doente", arrematava o gordo, fazendo o gesto de que faltava um parafuso ao passarinho... O Canale também falava de animais, contava as histórias dos Lemmings, uns animaizinhos parecidos com as lontras ou, como ele dizia, "cãezinhos das campinas", que viviam em tocas no Ártico e, de repente e sem motivo, se jogavam de cabeça pelas escarpas, suicidando-se... Essa história nos parecia incrível, imaginávamos os Lemmings se preparando pra porrada, como os camicases japoneses... Ficávamos quietos... Cada um na sua... A kriptonita verde nos matava, a vermelha nos deixava loucos, mas o Talasa era o melhor. O *tano* sempre tinha vários frascos sobre a escrivaninha, postos um do lado do outro, como os jogadores da Seleção quando se preparam para cantar o hino...

Quatro fantásticos

Houve alguém antes mas eu não conheci. Ainda que muitos me digam que tenho algo do seu caráter e da sua boca. Essas coisas. Eu não me preocupo em parecer com alguém. Há tantas caras no mundo que, cedo ou tarde, a gente termina sendo outro. Gostaria de falar aqui dos que conheci. Eles deixaram seus rastros na minha vida e acho que uma forma de retribuir essas pisadas é contar quem eram, o que me ensinaram. Essas coisas.

Nessa época a mamãe trabalhava na fábrica de sutiãs Peter Pan. Um nome glorioso. Não sei se ainda continua funcionando. Mamãe, pelo que todos me contam, era uma mulher estonteante, parecia uma vedete. Pernas, bunda, ancas. A gente vivia num apartamentinho do bairro de Once, muito pequeno, eu pensava que era como o cano de Hijitus: o quarto da mamãe, a sala, onde eu dormia num sofá-cama, e uma cozinha embutida na parede. Isso era tudo. A mamãe tinha roupa jogada por todos os lados. E cosméticos e revistas, que trazia do salão de beleza da sua amiga. A minha mãe era uma grande leitora. Às vezes, quando ela ia dançar, eu ficava com a cabeleireira, uma paraguaia que me falava de seus filhos, os quais, dizia, tinham quase a mesma idade que a minha e estavam com o pai, em Assunção. Eu não associava Assunção com um lugar físico, me parecia antes um verbo. Na minha memória, o primeiro de todos foi o Carmelo. Pequeno, musculoso, ex-boxeador. Mamãe me apresentou a ele numa noite em que veio buscá-la para sair. Eu estava vendo alguma coisa na tevê muito pequena, diminuta, que a cabeleireira tinha-nos trazido de Cidade do Leste. Percebem? Cidade do Leste, sim, me parecia um lugar. Carmelo se aproximou e apertou a minha mão. Pensei que ia me beijar, porque eu era um menininho e as pessoas, em geral, quando me conheciam, me beijavam. Mas ele me deu a sua mão, calosa, grande como um telefone. Gostei desse gesto. A partir daquela noite, o Carmelo passou a vir seguidamente a nossa casa e, quando passava para buscar a mamãe, ficava cada vez mais tempo comigo, falando das façanhas da sua época de boxeador. E num dia no campo, à luz do sol, aconteceu uma coisa incrível: a pele de Carmelo, ao ar livre, tinha a cor da fita Scotch. Quero que isto fique bem claro. Não era como se estivesse recoberto de fita, como uma múmia; tinha a cor e a consistência da fita Scotch. Assim que o batizei – dentro de mim: Carmelo Scotch. Deve ter-se achado extraordinário, quase nu, sob as luzes do ringue.

    Quando comecei a sofrer dos brônquios, a mamãe teve que me levar a um hospital para que me curassem. Faziam inalações, me davam beberagens, diziam que tinha de tomar sol. Carmelo se preocupou muito com minha saúde e disse a minha mãe que eu tinha de fazer exercícios, correr, pular. Essas coisas. Então apareceu com roupa de ginástica e me explicou que tinha um plano para me tornar um atleta. Estendeu, sobre a pequena mesa de fórmica laranja da sala, um mapa com as etapas de exercícios que ele achava que iam mudar meu físico. Começamos a praticar pelas manhãs, na academia onde Carmelo trabalhava. Abdominais, corrida de velocidade, cintura, esteira. Era grandioso. Ele parava do meu lado enquanto eu suava e me gritava: "Vamos, mais forte, tenha raiva do seu corpo!, raiva, raiva!" Depois tomávamos uma ducha juntos. Uma vez me contou, enquanto nos secávamos, que a maior alegria da sua vida foi quando lhe coube lutar na preliminar de Nicolino Locce. "Você não sabe o que era pisar no ringue do Luna repleto... apenas você iluminado e todos olhando... as luzinhas vermelhas dos cigarros no escuro das tribunas..." Deu empate.

E ainda guardo em meus ouvidos o grito de guerra de Carmelo Scotch: "Tenha gana de seu corpo!"

Uma tarde mamãe me disse que o tinha dispensado. Tive de passar uma semana fazendo pressão para que me dissesse por quê. Tinha-lhe levantado a mão! A mamãe era inflexível. E, para escolher os seus namorados, uma verdadeira renascentista. Passou do esporte à arte. E capturou o segundo candidato diante do meu nariz! O professor Locasso tinha chegado ao colégio para fazer uma substituição e, sem dúvida, para ganhar o que pudesse ganhar sem fazer praticamente nada. Chegava, colocava sobre a escrivaninha um pacote de bolinhos ou de merengues – eu ia ao colégio de manhã – e, enquanto cruzava seus pés sobre uma cadeira, começava a devorar sem parar. Dizia que tínhamos de pintar o que nos ocorresse. Na hora do Locasso a gente podia coçar o saco sem problemas. De modo que pegávamos folhas e desenhávamos qualquer coisa. Quando levávamos para que ele desse uma olhada, enquanto mastigava e parava de ler o jornal, olhava pro nosso desenho e largava a sua célebre divisa: "mais cor, aluno, mais cor." Mesmo que a folha estivesse untada de têmpera como um pastel de padaria, ele repetia "mais cor, aluno, mais cor". Era legal. Fazia a gente rir. É claro que para nós o nome dele mudou de professor Locasso para professor Mais Cor. E imaginem a minha surpresa na noite em que o vi sem o seu guarda-pó, com um terno escuro, que ficava um pouco grande, e com uma garrafa de vinho na mão, na soleira da porta da minha casa. O professor Mais Cor era um homem de uns 40 anos, com uma ferradura de cabelo branco, que bordeava a nuca e que sempre estava longa demais, descuidada. Sua testa brilhava como uma bola de bilhar. De corpo atlético, quando caminhava pelo pátio o fazia a passos largos.

 Segundo pude reconstruir muito depois, o Mais Cor tinha se aproximado da minha mãe no ato do 9 de Julho, no qual dei dois passos à frente e recitei um poema alusivo. O colégio vinha abaixo de gente e na noite anterior eu estava muito nervoso. Tinha medo de que, no momento de recitar o poema, me aparecesse na cabeça a lagoa de Chascomús. Mas foi glorioso. Verso a verso, demonstrei que tinha talento para recitar poemas e, durante toda essa semana pátria, meus companheiros e meus professores não pararam de elogiar a minha performance. Mas voltemos ao idílio da minha mãe. Nem precisa dizer que foi a fofoca do colégio. Todos meus companheiros sabiam que a minha mãe saía com o Mais Cor. Às vezes, nos recreios, alguns se animavam a me perguntar se isso me incomodava. Eu lhes devolvia: "Que vocês saibam ou que eles saiam?" Silêncio. Outros companheiros que tratavam de ser mais compreensivos comigo me diziam que me conviria mais que minha mãe saísse com o professor de matemática – matéria dificílima – do que com o de desenho. Tinham razão. Não posso negar que eu já tinha feito esse raciocínio.

 O romance da minha mãe com o Mais Cor durou quase dois anos. Quando eles terminaram, eu entrava na quinta. À diferença do Carmelo Scotch, meu vínculo com o Mais Cor foi relaxado. O cara ficava para dormir em casa duas vezes por semana e às vezes saíamos os três para dar um passeio. Só uma vez saímos ele e eu. Levou-me para ver uma exposição de Salvador Dalí, pintor que ele admirava. Gostava dessas coisas retorcidas. Relógios dobrados, crucifixos espaciais. Nessa tarde, num café, tivemos o seguinte diálogo:

 – Você se incomodaria se eu passasse mais tempo na sua casa? – perguntou-me.

 – Não – disse, depois de pensar um instante.

– Acho que seria bom que tivesse um homem na casa e eu estou pensando em me casar com a sua mãe. Ainda não propus a ela porque primeiro queria saber a sua opinião.
– O único problema é que a casa é muito pequena – opinei.
– Se você e sua mãe estiverem de acordo, podemos nos mudar para outro lugar. Com pátio. Você gostaria de ter um pátio para brincar?
– Sim – disse, depois de pensar um instante.
O Mais Cor pareceu satisfeito com a minha resposta. Apertamos as mãos e me levou para passear no metrô. Me mostrou todas as combinações possíveis e os diferentes modelos de trens que existiam. Quando chegamos, tarde, a minha casa, se fechou no quarto com a minha mãe, para conversar. Pareceu-me que discutiam. Eu pus o pijama, escovei os dentes e fui dormir. Despertei no meio da noite e me pareceu, ainda mais nítido, que estavam discutindo. Na semana seguinte o Mais Cor não ficou para dormir nem uma hora e, se bem que ligasse e falasse com a mamãe, eu comecei a pressentir que a coisa andava preta. Tratei de lembrar da conversa que a gente tinha tido para ver o que poderia lhe ter complicado o meio de campo. E tirei as seguintes conclusões: para a minha mãe, sem dúvida, convinha ter um homem em casa. E mais, ela sempre estava dizendo à cabeleireira paraguaia que desejava encontrar um substituto de pai para mim. O que, para mim, parecia razoável. Eu invejava, quando ia à casa dos meus ami-

gos, como eles podiam se sentir seguros e exibir os deles. De modo que, pelo lado do casamento, não deveria ter havido problemas. Acho que o conflito esteve na possibilidade de se mudar. Por algum motivo recôndito que me custava e ainda me custa entender, minha mãe amava a pocilga da praça Once ou The Eleven Park, como ela dizia. Algo na casa tocava sua fibra mais íntima e contra essas coisas é impossível avançar.

Numa tarde de inverno, enquanto mamãe alisava o cabelo, me comunicou que o Mais Cor tinha entrado na imortalidade. Agora penso que a minha infância esteve separada por turnos nos quais a minha mãe me informava as baixas dos seus namoros. Eu continuei vendo o Mais Cor por três anos – quinto, sexto e sétimo – mas, salvo cumprimentos incômodos quando nos encontrávamos de frente no pátio do colégio, nos evitávamos. Ainda que, é justo dizê-lo, graças a ele conheço à perfeição a linha de metrôs que cruza a cidade. Jamais poderia me perder.

O Mais Cor já era história quando me inscrevi no ateneu da igreja de San Antonio para jogar bola todas as tardes. Os padres pegavam você com um campo extraordinário e, em troca, pediam que tomasse a comunhão. De modo que fui direto para a catequese e terminei como coroinha de uma ou duas missas. Uma tarde mamãe passou para me buscar e me disse que esperasse porque queria se confessar. Pareceu-me estranho esse gesto vindo dela. Mas é verdade que, por essa época, ela passava muito tempo na cama, como se alguma coisa tivesse destruído o seu ânimo. O padre Manuel escutou-a em silêncio, no confessionário. Mamãe começou a vir tarde sim, tarde não para se confessar ou caminhar conversando com o padre Manuel. Disse-me que o padre – que era muito jovem – conseguia lhe dar ânimo para viver. "Mamãe, por que você não quer viver?", perguntei. "Não é que não queira viver, é que não tenho ânimo", me respondeu.

Uma noite, em que tinha ficado além da conta na casa de um amigo, me surpreendi vendo o padre Manuel sair do meu edifício. O que mais me surpreendeu foi que estivesse vestido como um homem qualquer. Ele não me viu, mas o vi claríssimo porque estava na calçada da frente. Não disse nem ai. Quando entrei em casa, mamãe estava com os olhos vermelhos, como se tivesse chorado. Passou o outro dia encerrada no seu quarto com a cabeleireira paraguaia. Quando abriam a porta porque precisavam ir ao banheiro ou buscar algo na cozinha, saía um cheiro horroroso de cigarros. Acho que por isso eu nunca fumei.

Decidi falar com o padre Manuel depois que encontrei a mamãe sentada na nossa salinha, com umas olheiras imensas. Parecia que estava sentada ali desde a puberdade. "Todos os aparelhos da casa decidiram se suicidar", me disse com uma voz muito rouca, mal me viu. Não funcionava a geladeirinha nem o televisor e o aquecedor fazia um ruído horrível quando abríamos a torneira de água quente.

O padre Manuel estava lendo no seu quarto, me disseram. Disse à freirinha que precisava dele com urgência. Em seguida vi-o vindo pelo corredor da escola. Dessa vez usava a sua batina preta e impecável. Acariciou a minha cabeça e saímos caminhando pelo campo de futebol, que a essa hora – duas da tarde – estava vazio. Era um dia de primavera.

– Padre, não sei o que está acontecendo com a mamãe – disse. Senti que a voz me saía do peito.

– Filho – disse-me, apesar de ser muito jovem –, sabe qual foi o calvário de nosso senhor Jesus Cristo?

– Aquela história dos romanos e dos espinhos na cabeça e da traição de Judas?

– Exatamente. Quero que você pense muito nessa parte da história de nosso Senhor. Porque muitas vezes na vida os adultos têm de fazer grandes sacrifícios. Entende?

Não entendia necas. Mas assenti. Estava me dando um frio na barriga.

– Sua mãe é uma mulher exemplar. Quero que isso fique bem claro. E na maioria das vezes as pessoas muito íntegras sofrem demais. Agora vamos até a igreja e vamos nos ajoelhar para rezar por ela.

E assim foi. Rezamos em silêncio. Para ser sincero, eu não rezei. Minha cabeça saltava de uma imagem a outra, como se fosse um videogame. Via o padre Manuel com batina, depois o via em roupa social, como o vi quando saía do meu edifício, depois o imaginava de cueca, depois jogando futebol... No final me deu a mão e me disse para ir embora tranquilo, que o Senhor sabe o que faz.

O certo é que a mamãe não voltou à igreja e em poucos meses transferiram o padre Manuel a um convento em

Córdoba. O Senhor não se equivocava porque a mamãe começou a se sentir melhor e finalmente saiu dessa melancolia em que estava mergulhada. Arrumamos o televisor, arrumamos a geladeirinha e tiramos o aquecedor e colocamos um boiler.

Passou quase todo o meu secundário sem que a mamãe trouxesse outro namorado para casa.

E, justo quando estava me preparando para entrar na Universidade, chegou o último e talvez o mais importante para mim. Chamava-se Rolando, trabalhava colocando antenas, nas alturas, e foi chave porque ele me falou pela primeira vez do meu pai. Porque ele estava obcecado com o cara que foi meu pai.

Mamãe o conheceu num grupo que se reunia aos domingos no hospital Pena. Era um grupo de ajuda psicológica para poder superar a tristeza dos domingos. Não era o caso de que minha mãe ficasse mal aos domingos, foi acompanhando a cabeleireira paraguaia, que aos domingos, pelas sete, invariavelmente, queria se matar. O Rolando estava indo porque torcia para uma equipe de futebol que tinha caído para a B e por isso sofria nos domingos sem partidas. Segundo a mamãe, foi uma flechada fulminante. O Rolando tinha cachos, um corte tipo Príncipe Valente e a voz rouca. Gostei dele imediatamente. E mais quando soube que passava os dias nos telhados dos edifícios, consertando e instalando antenas.

Adoro as pessoas que se penduram nos telhados, adoro pular pelo telhado das casas.

De modo que rapidamente – eu tinha 17 anos – grudei nele como acompanhante no trabalho. Era o cara. No verão, subíamos aos cumes com um isopor, onde botávamos seis latinhas de cerveja. Às vezes, se não tínhamos comido, levávamos num pote queijo e marmelada. Depois de consertar as antenas sentávamos para, como ele dizia, bater papo. Rolando estava obcecado com a vida que algumas pessoas levavam. "Olha esses caras que andam pelo mundo jogando no time que faz o *sparring* dos Globetrotters. Isso é horroroso. Percorrer o mundo botando a cara para que esses negros picas grossas te façam passar ridículo. Existem destinos horrorosos, não é?" E sempre, depois das cervejas, falava do meu velho: "Eu não sei como a sua mãe acreditou em tudo o que esse imbecil dizia. Você sabe que o seu velho andava metido na guerrilha e que preferiu isso a ter uma família, cuidar de você, ver você crescer... E a sua mãe achava ele um cara legal, inteligente! Sério que você nunca viu nem uma foto dele?"

Uma tarde, enquanto víamos o sol cair dos telhados de um edifício altíssimo, me disse: "Você sabe que eu agora gosto muito de você." "Sim, eu sei", disse e senti que me arrepiava. "Mas antes eu não podia nem ver você, porque pensava que era um esporro do seu velho feito carne." Não respondi nada porque fiquei pensando na sua expressão, e me lembrei de quando o padre Manuel dizia que Cristo era Deus feito carne. Rolando matou todas as cervejas e de repente disse: "Na Itália chamam a esta hora il Pomeriggio, sabe por quê?" Não disse nem ai. "Porque Pomeriggio significa 'tomate', tá vendo a cor que o céu tem?" Que fera. O céu estava vermelhíssimo. Acrescentou: "Tá vendo?, daqui podemos ver toda a cidade, não é fantástico? A maioria das pessoas não sabe que estamos aqui em cima, olhando pra eles. Somos como deuses."

Às vezes, antes de cravar uma antena no telhados, levantava-a com uma mão só e gritava: "Eu tenho a força!" E nos matávamos de rir. Outras vezes ficava melancólico e me dizia: "Jura pra mim que, se o seu velho voltar, você não vai se deixar engrupir por ele." "De onde vai voltar, Rolando?", eu perguntava. "Sei lá, da Conchinchina!", ele soltava.

Passou o tempo e me chamaram para o serviço militar. Tocou-me a terra e tive de descer dos cumes. Passei um ano no inferno, como assistente de um milico. Em algum momento desse ano, a minha mãe e Rolando romperam. Ela me comunicou numa carta. Quando voltei para casa, consegui trabalho consertando antenas. Nunca voltei a ver o Rolando, mas soube dele através de um porteiro de um edifício. Disse-me que tinha-lhe batido vertigem e que por isso deixou de trabalhar nos cumes. Para mim isso soou como ficção científica.

Às vezes, quando estou nas alturas, com minha marmita, me dou conta do incrível que foi que me deixasse acompanhá-lo e aprender o ofício. Porque a vertigem dos telhados é uma disciplina para pessoas solitárias. Para animais fabulosos. A gente não precisa de ninguém aqui em cima.

O bosque maneiro

Trata-se de dois meninos que saem ao mesmo tempo pelas portas traseiras do mesmo táxi e que, por mil motivos, não voltam a se ver mais. Um deles sou eu, o que conta a história. O outro é Máximo Disfrute, meu primeiro amigo, mestre, instrutor, como se quiser chamar. A minha mãe e a mãe dele trabalhavam na mesma fábrica de roupa íntima feminina. A primeira coisa de que me lembro é que estamos debaixo de alguma coisa. Pode ser a mesa imensa do quarto dos meus velhos. A gente brincava ali. Durante toda a minha infância, o Máximo vinha até a minha casa para brincar. Como a sua mãe era muito pobre e vivia pulando, como uma abelha, de hotel em hotel, eu nunca ia à casa dele para brincar. Uma vez, quando Máximo era bebê, e sua mãe alugava um quarto onde não queriam mães solteiras, teve de se acostumar a dormir numa caixa, escondido debaixo da cama, caso a dona do lugar irrompesse de repente no quarto e os enxotasse a pontapés. Essa incerteza constante, esse peregrinar de quarto em quarto, acelerou a imaginação do Máximo e o transformou em tenra idade num adulto. O que é um adulto? Alguém que compreende que a vida é um inferno e que não há nenhuma possibilidade de final feliz. Máximo, segundo meu parecer, vinha ruminando este conhecimento desde que estava debaixo da cama, na escuridão.

Uma tarde estamos sentados no meu quarto e o Máximo me pede para trazer uma meia-calça da minha velha, diz que quer me mostrar uma coisa que está acontecendo. Vou ao quarto dos meus pais e escavo nas gavetas. Já a caminho do meu quarto, atravesso o cochicho de nossas mães na cozinha. A meia está enrolada no meu bolso. Máximo pega e me diz para fechar a porta. Depois abaixa a calça. Uma calça preta com dois remendos de couro nos joelhos. E começa a esfregar o pau com a meia-calça da minha mãe. Em seguida sai pela ponta do pinto um monte de creme dental. Me diz para tentar com a meia, que é incrível o que se sente. Eu pego e imito os movimentos do meu mestre, mas não consigo nada. Máximo me detém com um gesto e me diz para não me preocupar, que talvez ainda não possa fazê-lo. Pergunto o que se sente. Me diz: é como um calafrio maneiro. Depois me explica, mediante desenhos, que essa pasta dental que saiu do pinto dele é a que traz você ao mundo, que os pais "fodem". É a primeira vez que escuto essa palavra. Foder, diz o Máximo, é o que nos multiplica. E me esclarece que só o pai goza. Depois lavamos a meia da minha mãe e a escondemos. Máximo me diz para tentar de novo outra hora.

No beco da passagem Pérez, escuto da boca do Máximo a palavra "Cabra". Estamos jogando futebol na rua.

Também diz, toda vez que algo está bom, "Maneiro". Eu disse essa palavra para a minha professora e ela me deu bronca. Minha mãe também me deu bronca quando a disse para o meu velho. Meu pai, ao contrário, riu. Todas essas palavras são passadas ao Máximo pelo seu primo, que é bem maior e vive no subúrbio. Em San Antonio de Padua. O Máximo diz que iremos até lá um fim de semana, para matar gatos. Para isso, nos preparamos com o meu jogo de química, fazendo beberagens letais que vão pôr os gatos de patas para cima. Mas a mãe do Máximo nunca nos leva a San Antonio de Padua. Não importa, o Máximo traz um rádio imenso, que era do seu avô. Abrimos e tratamos de consertá-lo. Sonhamos que, se conseguirmos, vamos ser considerados meninos-prodígio. As primeiras crianças que, sem saber nada de eletricidade, puderam devolver a vida a um rádio velhíssimo! Fantasiamos que estamos num canal de televisão e somos entrevistados por um locutor que quer saber como conseguimos. Veja, diz Máximo, foi um trabalho bem maneiro. E o público explode em aplausos e as linhas telefônicas do canal colapsam porque as pessoas não param de ligar para nos felicitar.

A mãe do Máximo, durante uma longa temporada, vinha a minha casa, mesmo em pleno verão, com casacos grandes. Isso chamava a atenção da minha velha. Em pouco tempo, o Máximo tinha uma irmãzinha. A menina ficou vivendo na casa dos seus padrinhos, uns velhos que não podiam ter filhos e que eram os empregadores da mãe do Máximo. De vez em quando, o Máximo vinha a minha casa com sua irmãzinha já crescida. E fazíamos isto: a deitávamos na minha cama de barriga para baixo e subíamos em cima dela, esfregando-a com o pinto até acabar. Às vezes vinham outras crianças do bairro, convidados pelo Máximo para se esfregar e acabar. Máximo Disfrute começava a construir uma reputação importante em todo Boedo. É o inverno de 78. Faz um frio do cacete. "Frio Mundial 78", como o lembraríamos tempos depois. Tenho um abrigo Adidas novo e passo o meu velho para o Máximo. Fica-lhe quase bem. É um pouco mais baixo do que eu. Tem nariz aquilino e os cabelos duros como os de um porco-espinho. Costuma brigar na rua com meninos de outros bairros e com isto soma pontos entre nós. Brigou no cine Moderno, antes que começasse um filme do Trinity; no recreio do colégio com um da sétima; no Minimax, quando fomos comprar bebidas para um aniversário e, o que terminou por coroá-lo como o maior, roubou dinheiro de uma das lojas onde a mãe fazia a limpeza. Repartiu o butim entre todos e fomos, de táxi, ao centro para ver filmes e comer pizza a metro. Acho que essa foi a primeira vez que viajei sozinho num táxi que eu podia pagar, ou melhor, que o Máximo podia pagar. Nessa gloriosa tarde, que culminou numa compra maciça de revistas do Batman, foi quando ganhou o apelido. Tinha uma canção publicitária que fazia a promoção do Ital Park: "As crianças conhecem Máximo Disfrute/Máximo Disfrute está no Ital Park/O Ital Park é grande, onde o encontramos?/Nos olhos de seus filhos o acharão!" Cantávamos enquanto voltávamos tarde, de novo num táxi, do centro para Boedo. Éramos cinco. Começou a se espalhar a fama de que numa rua de Boedo havia um garoto, um tal Máximo Disfrute, que era um craque. Então desapareceu pela primeira vez. A mãe do Máximo tinha conseguido um trabalho cuidando de uma chácara, junto com sua irmã, em Córdoba. De modo que adeus desfrute. Lembro que foi a primeira vez que claramente senti falta de alguém. Passava caminhando por todos os lugares onde a gente costumava ir e lembrava das frases do Máximo sobre essa ou aquela coisa. A distância, sua figura se tornava mítica. Junto com o gordo Noriega ou o *tano* Fuzzaro, passávamos a tarde lembrando da vez em que o Máximo enfrentou os da pracinha Martín Fierro e – demonstrando claramente que estava louco – peitou-os quando terminávamos uma partida muito suja e – na mesmíssima praça – disse que iria matá-los um a um. Chamorro, o chefe da pracinha, adorou isso e, em vez de quebrar-lhe a crista, adotou-o quase como um segundo. De uma hora para outra, o Máximo era um *capo* da perigosa Martín Fierro. Tinha o suporte do Chamorro! Um pesado que ao ser nomeado em qualquer lugar de Boedo já dava medo. Às vezes, Máximo vinha à calçada onde nos sentávamos para escutar os discos do Led Zeppelin e nos contava, de passagem, que na noite anterior tinha estado com o Chamorro, que tinham caído na porrada com os da Deán Funes, que tinham comido garotas, que tinham roubado uma farmácia que estava fechada e que a polícia quase os pegou, porque ele tinha dado mole, cagando, com a lanterna na mão, no banheiro da loja. Segundo pudemos saber através do Máximo, o Chamorro sabia artes marciais e era muito frio e escroto na hora de brigar. Por isso ganha sempre, tem um ímpeto maneiro, dizia.

O Chamorro também tinha conseguido um trabalho no Mercado de Boedo para ele. Faziam o *delivery* para um açougueiro italiano que vivia na rua Castro. Segundo o Máximo, um velho cornudo filho da puta que tinha se casado com uma garotinha, que tinham enviado da Itália especialmente para dar para ele. Um *delivery* de carne fresca!

Com o dinheiro que tirava trabalhando, Máximo se vestia com luxo segundo a moda da época. Era um mauricinho de pele escura. Camisas listradas, coletes azuis, jeans Wrangler justos e mocassins com um enfeite no peito do pé. Íamos dançar na Casa Suiza, no Asturiano, no Hogar Portugués e começávamos a beijar as primeiras meninas.

Foi então que desapareceu e eu andei como bola sem rumo, como cão sem dono, como goleiro sem gol... a roupa que eu tinha comprado seguindo o estilo do Máximo me parecia horrível, o meu vocabulário tinha envelhecido à velocidade do som... Eu teria que me inventar... Foi quando, numa noite de chuva – me lembro bem disso –, soou o telefone de casa e escutei a sua voz depois de quase um ano.

Andrés, me disse, estou diante de uma lareira com o meu primo e uns seis cachorros, pelo janelão se vê o bosque que é a parte de trás da casa que cuidamos... você tinha que ver, é um bosque maneiro, com veados e pássaros de todas as cores e cavalos fosforescentes e corujas que falam. Era o Máximo em todo o seu esplendor! Disse-lhe que eu agora tinha cachos – não cortava o cabelo e agora tinha ficado enrolado – e que as meninas gostavam disso. Também disse que sentia falta dele e perguntei quando voltaria. Não sei, depende da minha velha, disse, seria bom que você pudesse vir percorrer este bosque, a gente se mete nele e parece interminável, é como se crescesse à vontade à medida que se caminha. E acrescentou: eu e o meu primo nos matamos de rir o tempo todo. Pegamos os cachorros e nos perdemos no bosque e cozinhamos alguma coisa por aí. É bem maneiro. Senti uma mescla de ciúmes e um estranho furor. Suponho que pensei que a vida poderia ser algo incrível caso você se encontrasse no bosque maneiro. Depois fizemos um inventário dos meninos da gangue e finalmente nos despedimos. Passou um ano mais até que uma tarde abri a porta de casa e ele estava aí. Mas já não usava a indumentária mauricinha. Usava um macacão, uma camiseta desbotada e o cabelo duro de porco-espinho tinha mudado para uns cachos imensos. Apontou para a cabeça e me disse: essa é a onda, não é? E nos abraçamos. O Avatar estava de novo em Boedo. Tinha feito um permanente e tatuado uma árvore no braço direito. E as coisas começaram a se suceder rapidamente.

Por exemplo, isto. O *tano* Fuzzaro está na sala da minha casa. Em pé, molhado, porque está chovendo. A jaqueta sintética brilha sob a luz do teto. Tem a respiração agitada. Veio correndo. É um arauto. Não pode saber que em algum momento vai comprar uma moto e que vamos andar os dois – cada um na sua – sulcando Boedo como bólidos. Ainda não sabe que, numa tarde de frio, vamos dar uma batida terrível na Costanera e que ele vai cair de cabeça no chão, sem capacete, e que uma cortina de sangue vai baixar através de seus olhos. Assim é a vida, vai me dizer enquanto eu trato de levantar sua cabeça. E depois tchau. Pronto, já escrevi. Agora está impaciente para falar comigo. Fez a minha velha me acordar. Saio do meu quarto ainda vestido com a roupa do secundário. Tinha ficado dormindo com a calça cinza, a gravata azul e a camisa celeste. Tinha escutado Spinetta até morrer. Agora tenho a boca pastosa e digo ao *tano* que se sente, que tire a jaqueta úmida. Tem um fuzuê brabo, me diz, estava com o Máximo no parque Rivadavia e de repente se aproximam umas garotas e... Quem estava no parque?, pergunto. O Máximo, o japonês Uzu, os irmãos Dulce... E, de repente, de trás das meninas saltam uns cabras que perguntam, de encrenqueiros, o que é que estamos fazendo aí e o Máximo diz que está onde lhe dá na cabeça e, quase sem dar possibilidade de que respondam, se joga num deles e o cabra cai como uma árvore. E o outro se assusta e sai correndo... E agora foram uns moleques do parque até o Japonês. Na tinturaria?, pergunto. Sim, na tinturaria e lhe disseram que o parque Rivadavia está procurando o Máximo para detoná-lo. Um tal Chopper. Sabe quem é Chopper? Chopper?, digo. Chopper, o que encarou os da praça Flores quando brigaram na porta do Pumper!, diz. Agora tenho tudo claro. Chopper, um gordo meio *rugbyer*, um assassino de aluguel que passa brigando no baile que tiver pela área. O que você acha, o que você acha?, engatilha o *tano*. Acho que a de História é um pesadelo de que tento acordar, lhe digo. A de História, a velha de História?, diz. O que tem a ver? Que tenho que estudar toda essa merda para amanhã e não peguei uma porra de um livro, digo. Então minha mãe entra na sala e pergunta ao *tano* se quer tomar um café. Não, obrigado, senhora, diz o *tano*. Eu espero que minha velha vá para o seu quarto e digo ao *tano*: Tano, você sabe que o Máximo anda doidaço? Doidaço?, pergunta, olhando-me fixo. Sim, que está fumando maconha e toma bolas, lhe digo. Iniciado pelo primo. Para mim ele nunca disse, mas contou ao Chumpitaz. Pro Chumpitaz?, solta o *tano*. Mais que o Máximo se drogue, o que lhe parece incrível é que tenha contado ao imbecil do Chumpitaz. Agora tira a jaqueta, tem a cara desfigurada. Bom, diz, a gente quando era criança tomava esse Talasa. Sim, é verdade, digo. O que Chumpitaz diz é que o Máximo está vendendo na praça Martín Fierro, com o Chamorro. Vendendo droga? Sim, vendendo. E as bolas devem deixá-lo mais louco do que é, digo. Você provou?, diz o *tano*. Não, digo. Se não falarmos com ele vai terminar na prisão, digo. Ou vai terminar assassinado pelo Chopper, diz.

Chopper, penso, o que na saída do campo do Ferro jogou pedras nos canas. Então o *tano* parece recuperar seu papel no roteiro, e lembra subitamente para que veio, para que me fez acordar tão tarde. E me diz: amanhã de noite nos juntamos na esquina da Estados Unidos e Maza, vamos ao parque Rivadavia, para ver quantos são. Quem disse isso?, digo. Máximo e os Dulce concordaram. Também dizem que o Chamorro e os moleques da Martín Fierro vão vir, me lança, para dar a entender que vamos bem apetrechados. Parece que os do parque Rivadavia se reúnem, de noite, embaixo do monumento. A ideia é segui-los e depois ameaçá-los quando se forem. E o Chopper?, digo. Do Chopper se encarrega o Chamorro, diz. Uma luta de titãs, digo. A Terceira Guerra Mundial, diz.

A esquina da Estados Unidos com a Maza. É uma noite fria. Quatro esquinas cruzadas por duas ruas amplas, muito céu, nenhum edifício e o farol do meio da rua com sua luz lunar. Por cima, e pelos lados, a escuridão e as frias estrelas. Nas casas, algumas luzes acesas, o reflexo de uma estufa ou um televisor. Acabamos de fazer o que fazemos sempre que nos juntamos e é inverno: amontoamos madeira na rua e tocamos fogo. Ficamos em círculo e o fogo é o núcleo. Estão o gordo Noriega, o *tano* Fuzzaro, os irmãos Dulce, o Tucho feio, o japonês Uzu e eu. Esperamos o Máximo, que vai vir com o Chamorro e os moleques da Martín Fierro. Há uma calma tensa. Estamos em cima de um avião e de um momento a outro vamos ter que começar a nos jogar de paraquedas. De repente, pela calçada da Estados Unidos, com um pedaço da avenida Boedo às suas costas, vem caminhando o Chumpitaz apressado. Tem, como sempre, as mãos nos bolsos. É capaz de brigar com as mãos nos bolsos. Nós o tínhamos mandado ao parque Rivadavia para ver se os inimigos já estavam debaixo do monumento. Quando passar o tempo, Chumpitaz vai se casar com a gorda Fantasia e vai abrir um ponto de táxis na Humberto Primo com a Maza. Vai engordar – agora é um palito com franja Balá – e vai ter quatro filhas. Estão todos aí, diz, enquanto sai vapor da sua boca. O Chopper está?, pergunta o Dulce maior. Não, diz o Chumpitaz, não me aproximei muito porque são um montão e o monumento está todo iluminado. Mas está ou não está?, devolve o Dulce, que tem uma mancha branca de nascimento na cara. Não sei, diz, nervoso, tinha dois grandões que estavam pegando os cintos. Isto anda para trás, penso, enquanto jogo mais madeira no fogo. Quero um fogo colossal. Quando o Máximo vem?, pergunta o Tucho. Já vem, já vem, diz o Dulce maior. O Dulce menor tem os olhos fixos no fogo. Olhem!, diz o gordo. Cruzando a rua, sob o sinal, em diagonal, se aproxima o Musculinho. Começamos todos a cantar: Musculinho Musculinho/te rasgamos/o cuzinho. Musculinho sorri. Tem apenas 17 anos e um corpo todo trabalhado numa academia. O cabelo tingido com água oxigenada. Aos sábados desfila na Rigars, uma casa de roupa masculina que fica em plena rua Lavalle. No primeiro andar da loja, há um grande janelão com uma passarela para modelos que desfilam na hora em que as pessoas saem dos cinemas. A gente ia lá gritar de tudo pro Musculinho. Puto, puto!, gritávamos. O que fazem queimando madeira?, diz Musculinho. Usa um moletom estreito e uns jeans justos. Estamos esperando o Máximo, se adianta o Chumpitaz. Então vai ter rinha!, diz. Com os do parque Rivadavia, diz o Dulce maior, por que não vem, Musculinho? Estão loucos?, diz, com um tom de louca, vão fazer vocês em pedaços. Eu tenho toda uma vida pela frente. Antes por trás, diz, irônico, o *tano*. Meninos, diz Musculinho, se amanhã continuarem vivos, o que duvido muito, querem ver uma exibição de ginástica com aparelhos? Gritamos de tudo para ele. Dulce o empurra. Musculinho, que poderia destroçar a todos nós juntos com os olhos fechados, prefere rir. Depois se aproxima de mim. Outra vez seguindo o carro do Máximo, não é?, me diz. Os do parque começaram, digo sem olhar na sua cara. Musculinho sempre me deixa nervoso. Esse Máximo é um infradotado, diz. Já vão se dar conta. Então um ônibus vermelho, imenso, passa pela Maza e cruza a Estados Unidos e de trás dele, como se o ônibus fosse uma cortina metálica e ruidosa, aparecem o Máximo e uns 10 garotos. Têm, mal os vemos, os olhos desorbitados e brilhantes. Eu e o *tano* o olhamos e nos olhamos. Os rapazes são da Martín Fierro, são gente do Baunilha, diz o Máximo. Baunilha, um moreno com o capuz do canguru na cabeça, se adianta e nos cumprimenta com uma inclinação oriental. Musculinho se separa de nós, se apoia num Valiant preto que sempre está estacionado quase na esquina. Nunca vimos ninguém dirigi-lo. Mas está impecável, brilhante. O Chamorro se junta à gente lá, de modo que, tranquilos, vamos dar o merecido a esses babacas, para que saibam quem manda em Boedo, diz o Máximo. O parque Rivadavia fica em Boedo?, pergunta o imbecil do Chumpitaz. Boedo fica onde a gente estiver, diz o Máximo. Isso me quebrou. Essa frase, essa puta frase, dita nesse momento da noite, me deixou arrepiado e com os olhos rasos. Ainda lembro da jaqueta vermelha, sintética, do Máximo, contra o resplendor do fogo. Bom, vamos, diz o Dulce maior. O *tano* me olha. Começamos a caminhar pela Estados Unidos. Vamos fazer a Estados Unidos até a avenida La Plata e vamos entrar pela Quito, por um lado do parque, atrás do monumento. Tchau, Musculinho!, grito, os que vão morrer te saúdam! Musculinho cruza os braços e mostra a língua.

EPÍLOGO:
Conversa com o japonês Uzu,
inventor do Boedismo Zen

Dizem que deu errado uma bruxaria pro Jimmy Page e que por isso Tarac, o filho de Plant, morreu, diz Uzu.
Chamava-se Tarac ou Tarek?, digo.
Não sei. Mas do que tenho certeza é que o cara se dedica à bruxaria. Você não viu os símbolos que usa na roupa e nos discos do Zeppelin?

Zoso.

Esse, Zoso, que é uma espécie de invocação satânica.

Onde tá o *Zeppelin Dois*?

Na outra pilha.

Japão, você viu que legal esse colete que o filho da puta tem?... esse que diz em letras grandes Zoso.

É do Page, eu vi o Page.

Esse. Me dói pra cacete. De noite não podia dormir de dor...

Fizeram radiografias?

Sim, da cabeça e do braço e acho que do tórax também. O que acontece é que você ficou justo no meio. Tá aqui. Posso botar baixinho?

Sim.

Este Winco. Quem pintou de branco?

Pintei junto com o *tano* Fuzzaro uma vez que piramos com Talasa. Ficou legal!

Para mim esse disco é um dos maiores da história do rock, é como o *Sargent Pepper*... você vai ver como vão copiá-lo até o ano dois mil...

Acho que ficamos loucos, não deveríamos ter saído todos de uma vez... E esse Baunilha, que parecia tão mau, afinal se meteu nessa banca e fingiu que fazia compras...

Em que banca?

Numa da avenida La Plata, quando a gente começou a voltar correndo...

Mas você parou aí em seco e encarou esse animal do cinto.

Sim, foi meio louco.

O que você disse pra ele?

Não lembro. Mas aí começaram a me bater de todos os lados e o Máximo me gritou alguma coisa mas não sei o quê. Japão, sabe que de repente tenho uma sensação estranha? Como se perdesse o sentido das coisas. É como se de repente me submergisse no fundo da água e escuto tudo debaixo dessa bolha de silêncio que tem quando você está nadando ao rés do chão da piscina. Viu?

Você disse isso ao médico.

Sim, me disse que podia ser o choque da briga e as porradas. Me fez um eletroencefalograma mas saiu tudo bem.

Eu vi o Máximo, gritando como louco e se metendo no meio dos que estavam batendo em você, com um pau, que não sei de onde ele tirou...

O Dulce maior estava jogado de boca para baixo, na rua, a gente estava na rua?

Vocês sim, eu vinha atrás, eu vi os patrulheiros e essas velhas que começaram a gritar... mas o tal Chopper eu não vi em nenhum lugar.

Nem o Chamorro.

Anda dizendo que vai ele sozinho ao parque.

Que vá. Vão matá-lo.

A gente começou a correr pela Venezuela quando pintou a cana.

O Máximo me agarrou e me meteu num táxi. Estava desnorteado. O Máximo sangrava por toda a cara.

Foram ao Ramos Mejía?

Não. A gente não tinha dinheiro para pagar e nem bem saímos dessa confusão o Máximo disse ao cara que não tinha um puto e ele nos fez descer. Eu desci por um lado e o Máximo pelo outro. Mas não voltei a vê-lo.

Como pode?

Como digo para você. O táxi arrancou e eu estava só. Máximo, Máximo, gritei. Pensei que tinha ficado no táxi, mas me lembro que nós dois descemos de uma vez. Daí voltei caminhando até minha casa. À medida que sentia mais frio me doía a alma.

O mistério de Bruce Lee.

O mataram porque estava revelando os segredos das artes marciais. Não é?

Sim. O mataram com um golpe.

Como.

Um cara cruzou com ele na rua e apenas o tocou. Mas como era um experto, esse golpe foi suficiente para que, numa semana, Bruce Lee morresse.

Isso parece o que você me contou da outra vez sobre o mestre de chá.

É assim. Se você é um mestre de chá, impecável na arte da preparação de chá, também pode brigar com qualquer um e matá-lo a golpes porque você é impecável. Você tem impecabilidade.

Quer dizer que se eu fosse um mestre de chá poderia ter surrado todo o parque Rivadavia?

Isso. Vou botar o *Zeppelin Um*. Esse também é superbom.

É genial. Como o *House of the holy*.
Ou *Physical Graffiti*.
Esse é mortal. E o Máximo?
Ninguém viu. Já vai aparecer. Com certeza anda em Padua.
O Máximo é impecável.
Sim.

Casa com dez pinheiros

Para Quique Fogwill

Desde que comecei a publicar, as pessoas me perguntam: "Isto é autobiográfico, não é?" Ou: "O personagem é você, não é?" De modo que vou começar dizendo que tudo o que se vai narrar aqui é absolutamente verídico. Aconteceu realmente como vou contar. Tomei a licença, isso sim, de mudar alguns nomes. O único personagem que mantém o seu é o meu amigo Norman. Se o conhecessem, veriam que não é necessário mudá-lo. E aos reais seguidores do realismo, basta ir até a esquina da Córdoba com a Billinghurst para comprovar que o bar que o meu amigo Norman dirige, chamado Los dos demonios, existe. Tem um casal de leões dourados vigiando a entrada.

Norman é imenso, louro, cabeludo. Usa camisas pretas, capa preta, tênis pretos. Seu herói preferido é o Batman. Tem muitíssimos colares e sete anéis, que distribui entre os 10 dedos. Um anel tem a cara do Homem-aranha, outro o S de Super-homem. Outro diz NOR. E outro diz MAN. Fuma uns charutos longos e finos. E só come com uísque. Vive de noite. Pelas três da manhã, se enfia atrás do balcão do Los dos demonios e começa a botar música. Esse é o momento de que mais gosto. Norman é um

DJ eclético: toca boleros, tangos, canções infantis ("A galinha patareca", Xuxa), hits dos 70: Eleno, Sandro, Cacho Castaña, e rock nacional.

O bar do Norman é pequeno. Um balcão, duas mesas, muitos espelhos. Nas paredes, embutidos, há aquários com peixes verdadeiros e barcos piratas afundados. O forro das mesas é de zebra. Uns corações luminosos, vermelhos, se espalham a esmo por todo o lugar. É como se alguém tivesse improvisado uma boate no quarto de um motel.

A clientela é variada. Como no bar da Guerra das Galáxias, vem gente de todo o universo: garotas com três tetas, traficantes de Orion, contrabandistas de Vênus, músicos de rock, ex-futebolistas...

Norman gosta de mim porque minha mãe, quando ele era pequeno, o tratava como um filho a mais. Depois que pôde terminar o primário, não sabia bem o que ia fazer da vida. Então aprendeu a cortar cabelo. Um de seus clientes simpatizou com ele e propôs que fossem sócios numa casa de encontros. Aí encontrou sua vocação. Fechou a casa de encontros, abriu o bar e trouxe as garotas para trabalhar com ele.

Agora são mais de quatro da manhã. Estamos no balcão e o Norman toca música e me passa tragos. Meu cabelo está molhado por causa da transpiração. A um lado, no meio de uma caixa de cigarros e um cinzeiro imenso, estão os poemas manuscritos do Grande Escritor. Passei todo o dia com ele. Me prendeu a seu show. É por causa da porra do meu trabalho. À medida que o uísque começa a falar no meu ouvido, me ocorrem ideias. Os pensamentos brotam da minha cabeça como o suor!

A jornada começou bem cedo. Ducha, terno e gravata. Táxi até a editora. Trabalho na assessoria de imprensa da editora Normas. Nesse dia eu tinha sido designado para a tarefa de buscar no hotel o Grande Escritor, levá-lo para passear e finalmente conduzi-lo a um café-livraria onde teria uma conversa com os seus fãs.

O Grande Escritor vive em Paris e uma vez por ano passa pelo país que o viu nascer para promover seus livros. Desde os anos 60 vem publicando uma obra, segundo meu juízo, fundamental. Os romances *Mertiolate*, *Água-viva*, *Vírgulas e mais vírgulas* e o livro de ensaios *Para uma literatura sem botulismo*, não têm nada a invejar dos de qualquer grande escritor europeu.

Cheguei ao hotel 15 minutos antes do combinado, de modo que fui até o balcão do bar e tomei um café com água mineral. Passei os gastos ao quarto do Grande Escritor, o 99. Depois atravessei o vestíbulo e me fiz anunciar pelo recepcionista. O Grande Escritor me deu o OK. "Disse para subir", me disse o gerente. E fez sinais a um rapaz disfarçado de granadeiro, que se aproximou para me acompanhar. Ele me guia até o Grande Escritor e depois eu vou guiar o Grande Escritor até seus fãs, pensei enquanto *nos elevávamos* no elevador.

O jovem soldado de San Martín bateu à porta e se retirou. Fiquei olhando o 99 prateado uns segundos, até que me toquei de que uma voz me pedia que entrasse.

Aí estava, parado no meio do quarto, nu, a não ser por uma toalha, que segurava na cintura. Tinha o cabelo molhado, penteado para trás, o nariz aquilino, peitos grandes e uma barriga inflamada.

– Como vai – disse-me, estendendo-me a mão úmida.

– Muito bem, disse.

– Me diga, não tínhamos que nos encontrar mais tarde?

– Não que eu saiba.

– O pessoal da editora acha que não se faz nada de noite. Estava tomando banho quando me avisaram que você estava aí embaixo.

– Se quiser posso dar umas voltas e passo para buscá-lo mais tarde.

– E também acham que você não sabe se mexer sozinho em Buenos Aires.

– Se lhe parece, posso não vir o dia todo e nos encontramos diretamente no lugar da conversa, é um café que fica perto daqui...

– Espere, espere... vou me vestir. Como você se chama?

– Sergio Narváez.

– Muito bem, Sergio, espere.

Fiquei parado no meio da sala. O Grande Escritor desapareceu atrás de uma porta. O quarto onde eu estava tinha um janelão que dava para um pátio interno, onde se viam outras janelas cruzadas por cabos que ziguezagueavam atropeladamente. Meus sapatos afundavam no tapete peludo e branco. Nas paredes estavam pendurados uns quadros horríveis com pores do sol, mercados de rua e barcos. Não me dei conta de que o Grande Escritor, da outra sala, estava me falando. "O quê?", perguntei em voz alta. "Você conhece o Pablo Conejo?" Tinham me advertido. O Grande Escritor odiava outro dos escritores da editora. Pablo Conejo é um mexicano que escreve livros de autoajuda que vendem como coca-cola. É um dos pilares econômicos da editora. Em troca de vários Conejos, Normas pode se dar ao luxo de editar o Grande Escritor. "Se o conheço pessoalmente?", perguntei. Como o Grande Escritor não me respondeu nada, tentei armar uma frase: "Conheço-o só por fotos. Quando ele veio para a feira do livro eu ainda não trabalhava na Normas." "Quanto está vendendo o último livro dele?", me perguntou a voz do outro quarto. "O último livro?... Não sei... mas acho que um montão", disse. "Não poderia averiguar?", insistiu a voz. Fiquei calado. "Aí tem um telefone, pode ligar para a editora enquanto me troco", me disse o filho da puta. Peguei o telefone, liguei para a editora e escutei a secretária eletrônica: você está falando com a editora Normas, se sabe o número interno, disque-o, se não, espere e será atendido pela operadora. Desliguei. "O pessoal que se encarrega das vendas ainda não chegou, mas num instante tenho o dado exato", gritei. Justo quando o Grande Escritor saía do exílio da sua sala. Tinha vestido um terno esporte, sapatos pretos e estava transpirando. Lembrei o chavão de um amigo: "Aos escritores não há que conhecê-los, há que lê-los."

Num instante estávamos num táxi, que fedia a colônia do Grande Escritor, que parecia respirar com dificuldade. Do lado de fora fazia um calor infernal. O Grande Escritor quis passar por algumas livrarias do centro para ver se seus livros estavam bem expostos. Por isso descemos do táxi várias vezes e falamos com os encarregados de alguns lugares. Os livros estavam bem adiante, na vanguarda. Normas sabe o que faz. O Grande Escritor quis um exemplar do último do Conejo. Disse que estava escrevendo um ensaio sobre essa literatura. "De merda", enfatizou. Como para tirá-lo grátis tinha de ligar para a editora, decidi pagar com o que tinham me dado para diárias. Voltamos ao bendito táxi com o livro do Conejo. Saímos aos tombos porque a rua estava esburacada. O Grande Escritor folheava a esmo. Murmurava palavras em francês. Tirava vapor das orelhas. Os vidros do carro se embaçaram. Bifes, salada, flan com creme, café. O mesmo para mim. O Grande sacou um puro imenso. O ar-condicionado do lugar me agoniava. O Grande Escritor quis saber a minha idade e se eu também escrevia. Mas, antes que pudesse responder, mandou um rap. Disse que para escrever era preciso ser humilde, que a literatura de massas é o inimigo da literatura séria, que se trabalha e trabalha mas nunca se termina, que as ambições são enormes e os resultados são disformes, que é preciso se preocupar sempre em mudar, que a literatura de X era uma merda, que o que Z escrevia só era publicável entre idiotas. Aspirou, soltou a fumaça. Ficou calado. Teria gostado de lhe perguntar se em algum momento havia se dado conta de que eu estava ao seu lado desde a manhã. Mas, ao contrário, disse que lê-lo me ajudou a escrever, que encontrei a minha voz fuçando em seus romances. "Gosta da minha obra?", me perguntou, enquanto fazia um palito de dentes de pirulito e me olhava de soslaio.

Depois de parar numa lan house para checar seus e-mails, de caminhar por uma praça imensa e de comer um sorvete em pé, nos sentamos num café muito pequeno, com pouca luz e com ventiladores enormes. Com o fundo do ruído mecânico desses aparelhos, o Grande Escritor fixou o seu olhar melancólico na rua e me disse: "Uma vez, quando era muito jovem, me coube acompanhar Borges numa visita que fez a minha cidade... Era um sujeito muito divertido... Lembro-me que na noite anterior quase não pude dormir... Se você vai ser escritor tem que ler Borges... Sobretudo o Borges de *O Aleph*, *Ficções*, *Discussão*... Depois começou a se repetir e é um péssimo poeta!"

O Grande Escritor ficou ruminando alguma coisa. Então, como se fosse um médium em transe, começou a me ditar o supercânone: Borges, Macedonio, Juan L. Ortiz, Faulkner, Onetti, Musil, Joyce, Kafka. Parecia que eu estava no campo escutando a Voz do Estádio passar a formação de um time de mortos. Quando a lista pareceu chegar ao fim, eu, timidamente, perguntei se ele gostava de Ricardo Zelarayán. "Zelarayán?", me disse. "É um escritor argentino?" Disse-lhe que sim. Ficou pensativo um longo momento, mirando a mesa, a xicarazinha branca de café. Era Anatoly Karpov pensando que peça mover. Depois deixou o queixo cair, adormeceu, roncou, peidou.

    O café-livraria estava repleto. Entramos abrindo passagem em meio à multidão. Muitos tinham seus livros – os do Grande Escritor – na mão, para serem assinados. Um belo jovem – também escritor – ia apresentá-lo. Quando o meu contato, quer dizer, o meu companheiro da Normas encarregado do Grande Escritor enquanto durasse o evento, me disse o nome do rapaz, me dei conta de que o tinha lido: era um *clown* do Grande Escritor. Alguém mais parecido com esses caras curiosos que andam por aí imitando os Beatles.

    A performance foi perfeita. O Grande Escritor fez piadas, despedaçou outros escritores – maltratou especialmente o García Márquez – e terminou lendo um fragmento de um romance *in progress*. O Miniescritor disse uma enfiada de bobagens, citou Deleuze e falou da influência do Grande Escritor na literatura argentina.

    Apesar do violento ar-condicionado do café, o Grande Escritor transpirava como se estivesse no forno da Banchero. Tanto que saía água das suas mãos e resvalavam os livros que lhe davam para que estampasse a sua assinatura.

A coisa terminou com um clássico dos eventos literários: todos a jantar – os da editora, o *clown*, alguns fãs e amigos – num bar das imediações, onde – isso sim – fizeram churrasco, já que essa nossa comida típica era um motivo recorrente, "um símbolo ontológico", segundo explicou o Mini sobre a obra do Grande Escritor.

"Antes de ir embora, gostaria de lhe mostrar uma coisa", me disse, enquanto cambaleava pelo tapete peludo e branco da sua suíte. Os livros do Grande Escritor estão cheios de vírgulas e, no jantar, o sujeito tinha tomado uma taça de vinho para cada uma das vírgulas que pôs em todos os seus romances. Entrou no quarto de dormir falando em voz alta, procurando algo, mas eu, escarrapachado numa poltrona, mal o escutava. Não via a hora de poder me safar e ir até o Norman tirar o dia de cima, banhando-me com uns bons uísques.

No final, aos tombos, o Grande Escritor conseguiu sair da sala por onde andou quicando e se sentou no chão, diante de mim. Como deu, tirou os mocassins e me mostrou uma pasta preta, onde estavam presos com ganchos uns poemas de seu punho e letra. "Isto é o mais importante que escrevi na minha vida", me disse. "A poesia se escreve à mão", me disse. Falava como um malandro. "Nada do que escrevi pode se comparar com isto. Aqui está a minha alma." Olhei a pasta preta, áspera, as folhas escritas com tinta azul, numa letra grande e redonda. "Talvez – começou a dizer lentamente – se alguém os passasse ao computador..." Foi claríssimo. O Grande Escritor tinha me escolhido secretário. Não duvidei nem um segundo. Disse que era uma honra enviar os seus poemas à realidade virtual. E, sem deixar-lhe emitir um mísero som, peguei a pasta, apertei sua mão como pude – o braço se movia como a tromba de um elefante arisco – e saí do quarto xingando putas. Sem olhar para trás.

Os pensamentos brotam da minha cabeça como o suor! Norman, protegido atrás do balcão, faz mímica e cantarola as canções que põe. É um karaokê infernal! Eu canto, bebo, todo o bar começa a estar sob a luz amarela do uísque. Abro a pasta com os poemas do Grande Escritor. Leio um sobre uma passagem de nível, com crianças que põem moedas nas vias para que o trem as amasse. Que bobagem! E também tem o indefectível sobre Rimbaud.

Giro à minha esquerda, as garotas do Norman cochicham num canto. Vejo-as pelo rabo do olho. Parecem corvos. Tem também homens com chapéus de caubóis, astronautas, répteis. Todos cantam a mais maravilhosa música que é a música do Norman! "Esta é para você, irmão!", me diz enquanto pega a minha mão e me atrai por cima do balcão para que o beije. E depois, como Maradona, no México, quando girou para deixar Burruchaga sozinho diante do goleiro nazi, passa de "Trigal", do Sandro, para "Una Casa con Diez Pinos", de Manal, uma das minhas canções preferidas. A que sempre peço que ponha. Toda a filosofia especulativa do mundo vira picadinho diante da letra dessa canção! Vão trabalhar Kant, Hegel, Lacan e demais doentes mentais! Agora sim que funciona o floreio cerebral! *Una casa con diez pinos. Una casa con diez pinos. Hacia el sur hay un lugar. Ahora mismo voy allá. Porque ya no puedo más.* Abro a pasta, arranco as folhas com os poemas. *Un jardín y mis amigos, no se puede comparar, con el ruido infernal de esta guerra de ambición.* Norman aplaude com as mãos para cima, todo o bar o segue. Começo a presentear com poemas as garotas, "são flores de papel", digo. Elas riem. *Para triunfar y conseguir dinero nada más, sin tiempo de mirar, un jardín, bajo el sol, antes de morir.* Quase todo o bar tem nas mãos um poema. Se alguém nos visse de fora, pensaria que estamos ensaiando uma canção, que somos um coro de monstros. *No hay preguntas que hacer. Sólo se puede elegir oxidarse o resistir, poder ganar o empatar, prefiero sonreír, andar dentro de mí, fumar o dibujar. Para qué complicar, complicar.*

Asterix, o zelador

Para Alejandro Lingenti

"Tínhamos um gato que chamávamos de Carlitos Carlitosh."
— RODOLFO HINOSTROZA

Vou contar como tive o meu único *satori*. Estava na casa do meu amigo Quique Fogwill, um publicitário apaixonado por literatura. Era um dia de semana qualquer de verão tardio. Em pleno outono, as janelas abertas, a umidade a mil. Fogwill e eu em mangas de camisa, chinelos, sandálias. Tomávamos chá frio. Se um olheiro tivesse nos espiado da varanda da frente, poderia ter pensado que tomávamos uísque, já que o líquido estava servido em copos de vidro gordos e nanicos.

Fiel ao seu costume, Quique me recomendava as leituras de cabeceira dos últimos meses. Em meio a esse monte de autores sobressaiu um que se encontrava no pódio do seu gosto, ao menos nessa semana. Quando me passou o livro e me sussurrou uma breve resenha, enrolou com o dedo os cabelos emaranhados. Este gesto, tão próprio dele, significava que o autor tinha lhe perturbado: *Austerlitz*, de um tal Sebald, romancista alemão.

Levei-o para casa, emprestado, numa edição espanhola. Comecei a ler e, lá pela página 40, me demoliu. Confesso. Era outro livro de um alemão hiperculto que se encontra com um tal Austerlitz, que é mais culto ainda que ele. Não pode passar uma mosca sem que este Austerlitz a rodeie com todo o pensamento ocidental. E, para cúmulo, Austerlitz se parece fisicamente com Wittgenstein! Os romancistas de língua alemã estão apaixonados pela lenda de Ludwig! O sobrinho de Wittgenstein, o primo de Wittgenstein, o cunhado de Wittgenstein etc... De modo que deixei o livro fumegando sobre a mesa. Ardiam-me os olhos como se fossem duas velas nas últimas. Servi um uísque. E de repente, como acontece com Kevin Costner em *Campo dos sonhos*, comecei a escutar uma voz que repicava em minha cabeça: primeiro dizia, claramente, Austerlitz!, Austerlitz!, mas depois ia declinando para Asterix!, Asterix!... Era uma voz familiar, mas não conseguia identificá-la... Servi outro uísque. Asterix, claro. O porteiro do edifício amarelo onde vivi ao longo de três anos, quando começava minha dourada vintena... Uma história complicada, com dois assassinatos...

Vou contar-lhes a história de Asterix, o zelador do edifício amarelo, e de como tive *satori*.

O verdadeiro nome de Asterix era Rodolfo, mas todo mundo o chamava como o gaulês do gibi francês porque se parecia muito com ele. Tinha nascido em Entre Ríos, de pai alemão, do qual havia herdado a pele rosada e os cabelos amarelos, que cresciam, longos e embaraçados, contrastando com a incipiente calvície, que lhe coroava a testa. Da sua mãe, uma entrerriana mirrada e, segundo sua lembrança, nervosa mulher, lhe havia tocado a baixa estatura, a barriga proeminente e as pernas tortas. À diferença de Austerlitz, Asterix não tinha estudado nada, refletia muito pouco (ou o fazia mas não contava) e só soltava uns pequenos monólogos, que costumavam se alongar se estivesse sob os efeitos etílicos da cerveja, bebida que ingeria, em seus momentos livres, em quantidade. De resto, sua vida era tão simples como a vestimenta que usava: camisa e calça de trabalho Grafa azuis, botas náuticas amarelas para lavar a calçada e, no inverno, um casaco de couro preto, que tinha ficado de um trabalho anterior num posto de gasolina da avenida Nazca. Gostava de ir às noitadas de boxe – acompanhei-o numa luta entre dois paraguaios no clube Yupanqui – ou gastar a noite que tinha livre nos bailes de Constitución. Vivia num pequeno quartinho que lhe cabia por ser o zelador do edifício. Um retângulo com uma cozinha embutida, iluminado por uma lampadazinha pendurada. O único luxo com que contava era um janelão, que dava para um pátio interno. Asterix quase nunca o usava, já que sempre estava cheio de lixo que os inquilinos jogavam sem dar importância: pacotes de cigarros, preservativos, às vezes até algum sutiã. Numa estante pequena que estava numa das paredes, guardava latas de comida, erva, açúcar e, como se fosse uma biblioteca improvisada, dois livros de poemas que eu tinha publicado e que ele tinha me pedido como cortesia. Estavam metidos entre as lentilhas e o café. Esses delgados volumes, mais um instantâneo onde nos abraçávamos na calçada do edifício, levou a polícia a bater à minha porta.

Asterix tinha ganhado a titularidade da zeladoria depois de uma luta palmo a palmo contra Ray Ban, o superzelador anterior. Chamado assim por usar sempre esses típicos óculos escuros de polícia, os quais combinava com um topete compacto e engomado, que brilhava ao sol. Ray Ban ia para a cama com várias das mulheres casadas do edifício amarelo. E foi este vício, mais sua folga crônica, o que terminou por deixá-lo na rua, depois de uma tumultuosa reunião de condomínio presidida pelo senhor Crusciani; um dos grandes alces produzidos pelas inquietudes sexuais de Ray Ban.

Asterix, até o dia do juízo final de Ray Ban, era seu ajudante, e nas férias, seu virtual substituto. Nos 15 dias de férias de verão em que Ray Ban se mandava, Asterix não deixava passar a sua oportunidade. Silencioso e trabalhador como uma formiga, se preocupava com que tudo estivesse funcionando à perfeição: os elevadores azeitados, o hall de entrada resplandecendo de limpeza. Qualquer defeito menor nos apartamentos era solucionado no mesmo instante por ele. As mulheres viviam elogiando-o. Se este rapaz tivesse estudado seria Einstein, dizia a Cuca do segundo "A", depois que Asterix recuperara sua lava-roupas, que soltava óleo.

Agora tenho que lhes falar de mim. De como cheguei ao edifício amarelo e essas coisas. Eu tinha 22 ou 23 anos e também me achava no mais fundo do fato consumado. Numa festa onde se lançava uma revista de poesia, conheci uma garota que me intrigou rapidamente porque estava adormecida numa poltrona, no meio de um grande estrépito geral. A garota parecia uma Pizarnik de bolso. Toda vestida de preto, com sapatões imensos similares a esses telefones velhos da Entel. Num cenário improvisado, Rodolfo Lamadrid, o destaque local, recitava os seus poemas com o tom de um apresentador de boxe. As pessoas aplaudiam e riam que se acabavam porque os poemas eram muito engraçados. Depois começou a tocar uma banda heavy. Mas a bela adormecida nem se mexeu. Por onde você andará?, me perguntei, e como se este pensamento me ativasse uma mola, peguei uma filipeta que uns cabeludos estavam distribuindo e no verso escrevi "Basta que olhemos muito fixo uma coisa para que comece a parecer interessante" e acrescentei o telefone da casa dos meus velhos. A citação era do doente do Flaubert e a escolhi porque não era de todo elogiosa. Fiz um envelope com o papel e, devagar, me aproximei dela e pus entre seu braço direito e o estômago. Nem se coçou. Uma semana depois, meu irmão me acordou e me passou o telefone. Sou a coisa, me diz uma voz rouca. Começamos a sair. E eu acabei vivendo na quitinete que ela alugava na rua Yerbal, diante das vias por onde passa o trem do oeste. Era o edifício amarelo. Lembro-me que Ray Ban me olhava desconfiado na tarde em que eu entrava com os meus poucos pertences. Acho que nunca na minha vida estive tão perto de viver de acordo com o que os japoneses chamam de *Wabi*. Ou seja, pobreza escolhida: só uma mochila com a minha roupa, uns livros e uns discos.

A garota em questão se chamava Susana Marcela Corrado. E toda sua estratégia vital estava posta em aniquilar a longa trivialidade do seu nome. Seu cabelo de corte punk às vezes estava tingido com um vermelho sanguíneo. Assim como outros tomam café, fumam ou comem caramelos, ela chupava pasta de dente a colheradas. Às vezes, quando a beijava, a língua ardia. Uma noite terminei na emergência da Santa Lucía, porque lambeu meu olho e o deixou irritado. Também era adepta da maconha.

Susi trabalhava com o seu amigo Nick – cujo nome real era Juan Salvador – num salão de beleza, que tinha herdado do seu pai, numa galeria de Palermo Viejo. À galeria ia gente moderna para fazer cortes extravagantes na loja da Susi, se tatuar na loja do gordo Arizona ou comprar discos na miniloja de discos de Salomón. Susi e Nick tinham sido meio namorados no já remoto secundário e agora se propagandeavam como "os melhores amigos do mundo".

O apartamento bonsai do edifício amarelo onde eu vivia com Susi era um ambiente retangular, com cozinha, banheiro e lavanderia. Tínhamos um colchão no chão, apoiado sobre esteiras que Susi tinha comprado na feira do Tigre; uma mesa de vidro apoiada sobre cavaletes, em cima da qual caía uma lâmpada de teto; um televisor, que guardávamos no roupeiro quando não o usávamos. E um gato.

O gato merece umas breves palavras. A gata de um ex-namorado da Susi teve família. Uns seis ou sete gatinhos. De todos eles, vá saber por quê, havia um que ela não alimentava. Era estranho, porque parecia saudável. As gatas deixam de alimentar, em seu costume espartano, os que têm problemas para viver. Mas esse gatinho parecia ter uma maldição que só a sua mãe via. A coisa é que Susi pediu-o ao seu namorado e o levou com ela. E, dando-lhe injeções, transformou-o nesse cabeção branco e cinza, peludo, que passeava pelo monoambiente. Talvez tenha sido esse abandono materno o que o transformou num gato agressivo. Não gostava das pessoas estranhas e tinha tentado atacar vários amigos nossos. Mas conosco era outra coisa. Costumava dormir apoiado no meu peito, ronronando, enquanto eu lia jogado na cama. Como eu não fazia nada, e tampouco o gato, nos tornamos íntimos amigos.

E agora que passou o tempo e penso bem, ele cumpria uma função metabolizadora no nosso casal. Como a desses tomates de plástico que contêm um carvão que absorve todos os odores da geladeira.

Na semana em que esteve perdido – esses dias em que esse acontecimento iniciou minha amizade com o Asterix – nosso casamento andou à deriva, rumo ao iceberg.

O certo é que em uma noite abro a porta do apartamento e me encontro com o gato, com os olhos desorbitados, arranhando o ar e rugindo, parado sobre a mesa de vidro, sob o cone de luz da lâmpada. A um lado, Susi, com o rosto descomposto e um cobertor nas mãos. O que foi?, digo. O gato está no cio e ficou louco, quis me atacar, diz. Fazemos um cerco. Eu trato de acalmá-lo mas não me reconhece. Ruge mais forte e se põe em clara posição de ataque. Aparece musculoso sob a lâmpada. É o caratê cat. Então Susi consegue atirar-lhe o cobertor e cai o pano sobre nosso nervoso amigo. Sujeitamos o bichano como pudemos e o levamos ao veterinário metido num cesto. O veterinário é um cara jovem, amável. Dá-lhe uma injeção e o gato capota. Os gatos têm cios muito fortes, gente, nos diz. E aconselha que o castremos. Porque pode ser perigoso, pode atacar vocês a qualquer momento enquanto dure o cio. E tampouco é questão de estar dopando-o todo o tempo. Mas eu e a Susi não queríamos castrá-lo. Dissemos ao veterinário que íamos pensar e tomamos um táxi com o gato dopado num cesto. Enquanto viajávamos, o animal fez xixi e um cheiro poderoso se instalou no ar. O taxista nos olhava pelo espelhinho retrovisor. Finalmente, quando chegamos ao edifício, encontramos com o Asterix, que por algum motivo estava à meia-noite na porta, tomando a fresca. Eu até então nunca tinha falado muito com ele, a não ser alguns cumprimentos ocasionais. Mas quando nos perguntou, com tom amigável, de onde vínhamos, contamos a história do cio do gato. Lembro que me chamou a atenção, e depois o comentei com Susi, que o Asterix tinha dois curativos na cara e machucões num lado da testa. No entanto, não lhe perguntei nada sobre isso, mas contei com luxo de detalhes como fizemos para neutralizar o animal e metê-lo no cesto onde agora dormia mijado. Susi se desculpou e subiu com o gato e eu fiquei mais um instante, fumando um cigarro e relaxando na porta. Então foi quando Asterix sugeriu que, para não ter que castrá-lo, podíamos descê-lo para a garagem, enquanto durasse o cio, e assim podia sair pra gandaia. Sim, assim é, disse exatamente "pra gandaia". Botamos seu prato de comida num lado da garagem, para que se situe e quando passar o cio você sobe ele de novo, me disse. E me afirmou que ele já tinha feito este experimento com outros gatos e que não acontecia nada, que os gatos eram independentes, não como os cães. Eu cuido para você, me disse, você o desce todas as noites, quando pega fogo, e de manhã você sobe de novo e pronto, me tranquilizou. Disse ao Asterix que ia pensar e continuei fumando o cigarro. Produziu-se um silêncio longo entre os dois. Eu não me senti incomodado. Às vezes as pessoas acham que se ganha confiança conversando com alguém, mas na realidade é no silêncio que um conhece realmente o outro. Joguei fora o cigarro, me despedi e antes de me deitar já tinha convencido Susi de que o melhor era o plano do Asterix. Antes de ter que cortar os ovos de alguém, é preciso esgotar todas as possibilidades.

E depois tudo passou mais rápido que um dia de folga. A voz do Asterix pelo interfone me acordou cedo. Susi estava desmaiada na cama e balbuciava alguma coisa que não entendi. Na noite anterior tínhamos começado o experimento para combater o tesão do gato. Vesti-me aos tombos e desci pelo elevador, com o cérebro ainda adormecido. Na garagem do edifício estava o Asterix falando com um cara que parecia muito nervoso. Atrás deles se abria a boca de uma caminhonete, onde havia explodido uma bomba de pelos. A caminhonete era do cara, os pelos, sem dúvida, do gato, que durante a noite, para buscar calor, tinha se metido dentro do motor. Quando o cara o ligou, o gato girou na correia, rompendo-a e desfiando pelos e pele. O estranho é que não havia sangue. E o gato não estava em nenhum lugar. Ou estava morto e tinham-no jogado no lixo e não queriam me dizer. Não, não, me jurou o cara, que morava no oitavo "B"; ele tinha visto como o gato saiu em disparada por baixo do motor e se perdeu atrás dos outros carros que estavam estacionados. De modo que nós três, eu, Asterix e o cara, começamos a bater nos carros para ver se o gato tinha se metido em outro motor. Mas não aparecia. Percorremos, palmo a palmo, a garagem até que chegamos à conclusão de que o gato havia saído para a rua através das grades. Os gatos se encolhem e passam sem problemas entre os ferros, me disse o Asterix. Pareceu-me que se o gato estava na rua, pela primeira vez, e além disso com esse frio e ferido, estaria desesperado. E me embargou um poderoso terror animal.

Nessa noite vesti o sobretudo e saí a procurar o gato. Fazia um frio mortal. Percorri a Yerbal olhando atentamente entre os carros. Do outro lado de umas grades, paralelas à rua, estavam as vias por onde passava o trem de carga e, um pouco mais além, as do trem de passageiros que ainda sai da estação de Once. Nesses lugares costuma haver gatos e mendigos. Mas, como tudo estava iluminado por umas poucas luzes de neon, não podia ver bem. No meio das vias, tinha umas casinhas que, imaginei, seriam os depósitos da ferrovia. Eu via umas sombras ali, pequenos vultos que se mexiam ao rés do chão. Mas para estar mais certo de que se tratava de gatos tinha de saltar o alambrado e me aproximar muito. Quando voltava da ronda noturna, me encontrei com o Asterix, que fumava, esfregando as mãos e mexendo os pés para se esquentar, na porta do edifício. Segui-o. Descemos uma pequena escada e abriu uma porta lateral, que dava no sótão. Havia uns canos imensos que se perdiam pelo corredor. Os canos vinham do teto, de muito alto. E se conectavam com a caldeira. O chão estava úmido e o cheiro era similar ao que há nas tinturarias. Pendurados nos canos e por todos os lados, como se fossem a vegetação do lugar, se amontoavam panos de chão, baldes de plástico, secadores e outros instrumentos de limpeza. Tenho dificuldade de descrever o lugar por onde o Asterix me levava. De repente, os canos se aproximavam de nós e as paredes se encolhiam e estávamos atravessando um túnel com o teto quase tocando em nossa cabeça. O cheiro se tornava mais intenso e uma luz poderosa piscava no final do nosso caminho. Eu via o resplendor que formava uma aura em torno das costas do Asterix. Terminamos o túnel e nos encontramos com um retângulo, que parecia um depósito de objetos. Estas são as coisinhas que fui empilhando durante todos estes anos, me disse o Asterix. Era como um mercado de pulgas subterrâneo. E aqui há algo que pode nos servir, disse. E levantou, em meio a um montão de ferros, uns capacetes que tinham uma luz na frente. Eram capacetes de mineiros. Funcionam com pilhas grandes, me disse. O que há é que gastam muita bateria, mas dão pro gasto, disse. E depois me passou um. Provei. Ele provou outro. Havia mais um par, de modo que fomos passando os capacetes um para o outro até que escolhemos os que ficavam mais cômodos. Asterix tomou de novo a dianteira e percorremos o caminho de volta. Agora, não sei por quê, não me parecia tão estranho. Era só o sótão do edifício, onde estão as caldeiras e o motor do elevador, que, de tempos em tempos, dava seu guilhotinaço.

Lembro que ver através do olho mágico a figura do Ray Ban me sacudiu. De onde o haviam tirado? Abri a porta e era ele, sem dúvida. Com os óculos pretos, o mesmo topete engomado. E sua voz grave. Por algum motivo que não chegava a compreender, alguém o havia resgatado do seu exílio. E agora estava parado na minha porta. Tem uns caras embaixo que querem falar com você, me disse. E me pareceu que olhava por cima do meu ombro, para dar uma panorâmica no apartamento. De modo que peguei as chaves e desci em seguida. Se deixasse a porta aberta e pusesse uma jaqueta, o Ray Ban poderia passar em revista cada pedaço do apartamento. No hall do edifício me esperavam dois caras de uns 40 anos – ou assim me pareceu. Um estava vestido com uma jaqueta sintética e uma camiseta vagabunda. O outro usava um terno marrom de veludo. Deram-me a mão e me fizeram sinais para que sentasse (no hall havia uma escrivaninha e uma cadeira comprados num remate de escritórios). Acho que trazemos más notícias, me disse o da jaqueta. Quando o cara disse essas palavras, o Ray Ban abriu a porta e saiu à rua, para nos deixar a sós. Eu não entendia nada. Primeiro ressuscitava o repudiado Ray Ban. Depois apareciam esses dois caras, que, sem dúvida, não vinham me pedir para postular uma bolsa em Londres. Não, eram tiras. Você deve estar a par disso, me disse o da jaqueta e tirou de baixo do braço uns jornais amassados. Quando falava, soltava bafo de vinho. A capa de um dos jornais – que eu estendi sobre a escrivaninha – dizia em letras grandes: está para cair o duplo assassino de Boedo. Noutra havia uma foto de duas mulheres. Eram fotos três por quatro em preto e branco. Acima delas manchetava o jornal: duas vítimas do assassino de Boedo que está foragido. Bom, me disse o de terno marrom, que tinha uma voz estranhamente infantil, parece que você era um bom amigo do duplo assassino de

Boedo. E tirou de um envelope uns livros meus (os que eu tinha dado ao Asterix) e uma foto em que a gente aparece abraçado na porta da rua. O da jaqueta me perguntou: faz quanto tempo que você não vê o Rodolfo Kalinger? Me veio à mente a última vez que o tinha visto, quase de manhã, quando voltávamos desse lugar infernal do Bajo Flores. Uma semana atrás, disse. Quem bateu em você?, me perguntou o de terno marrom. Já tinha esquecido que tinha um roxo no olho esquerdo e um machucão na testa e a mão esmagada. De onde tinha vindo, tinha dado sorte. Me bati jogando futebol nos campinhos da via expressa, disse. O Rodolfo eu não vejo faz uma semana, repeti. O que acontece é que a minha namorada me deixou e levou o meu gato e caí numa depressão e desde então desci um pouco para a rua, porque não tenho trabalho e trato de me manter com a pouca grana que me resta, disse-lhes, como se se tratasse de dois psicólogos e não de ratos. O de terno marrom largou um sorriso e se sentou na escrivaninha. Cruzou os braços e me disse: Rodolfo Kalinger está detido sem comunicação na Décima Delegacia. É acusado de matar e violar duas mulheres. E o de jaqueta completou a cena: aqui, no apartamento dele, encontramos um gravador que era das mulheres e que ele roubou no dia em que as matou. Agora o apartamento está isolado por nós. E ele disse que você é a única pessoa que conhece. Não tem pais nem mulher nem outros amigos. Falamos com vários inquilinos e todos coincidem em dizer que era uma pessoa estranha. Viemos para avisar que você vai ser intimado a depor e que seria bom que se apresente de imediato, entende? Sim, disse. Acho que sou o seu único amigo, disse. Você estava inteirado de que ele saía com essas mulheres? Deu um branco na minha mente, um branco leitoso. Não, disse, não sabia de nada. Nunca o vi com uma mulher nem me falou de nenhuma garota. Então o de jaqueta se aproximou com seu bafo de vinho e, quando esperava uma pergunta incisiva, me disse: por aqui tem uma sucursal da Banchero, não é? Sim, disse-lhe, na Primera Junta. Olhou para o de terno marrom e lhe disse: Vamos fazer umas porções com um moscatel? Vamos, disse o do veludo, e, olhando-me, mandou: ficamos em contato, hein? Assenti com a cabeça. O de jaqueta pegou os jornais, mais a foto e meus livros, e colocou-os num envelope de náilon. Depois bateram no vidro para Ray Ban que se voltou para abrir a porta. Antes de pegar o elevador caminhei uns passos a mais até a porta do Asterix. Era verdade: estava isolada pela polícia.

O gato esteve perdido ao longo de uma semana que se tornou interminável. Eu e o Asterix fomos procurá-lo pelas vias do trem – saltando os alambrados que separavam os depósitos da ferrovia da rua e iluminados por nossos capacetes de mineiro – mas só cruzamos com ratos, mendigos, gatos selvagens, um cachorro manco e um casal transando. Percorremos palmo a palmo as vias de ventilação do edifício e a área de caldeiras, já que também se podia entrar nesse lugar a partir da garagem. Nada. A terra o tinha tragado.

O veterinário me disse que, possivelmente, quando passasse o cio, ia voltar à garagem, que esperássemos um pouco. Mas às vezes, quando fazia muito frio, a ideia de que o gato estivesse aí fora, na intempérie, me atormentava. Susi fumava baseados e me passava como se fossem chimarrão. Nós dois começávamos a chorar, invariavelmente, aos prantos. Depois, quando nos tranquilizávamos, começava da parte dela uma tarefa de fustigamento. Me culpava por ter perdido o gato dando bola para o Asterix. Dizia que deveríamos tê-lo castrado. E, ato seguido, recriminava a minha forma de vida: que não trabalhava nem pensava em fazê-lo, que dependia economicamente dela etc. Como tinha razão em tudo, eu ficava quieto. E isso a deixava mais nervosa.

Susi, se por acaso isto cair em suas mãos e você o ler, peço desculpas, mas realmente não tinha vontade de trabalhar. Quando penso nessa época já remota, me surpreende a tranquilidade para lidar com as coisas, a maneira como me movia, sentindo-me imortal. Todos os meus trabalhos esporádicos daquela época cabem numa cabeça de alfinete. Depois, pouco a pouco fui me transformando numa pessoa nervosa e responsável, trabalhando de maneira obsessiva. Realmente você não me reconheceria.

O gato voltou numa manhã da mesma maneira em que se foi. Entrou na mesma caminhonete em que quase se matou, mas desta vez o cara percebeu e não ligou o motor. Asterix me avisou pelo interfone e eu desci para buscá-lo.

Estava igual ao Coiote quando explodia a bomba Acme. Em vez de branco e cinza e peludo, como era, estava preto, magro, coberto de graxa e, à altura do pescoço, sobre o dorso, tinha um talho imenso, que parecia infectado. Também lhe faltavam três dentes. Tivemos que dar injeções e botar mel onde faltavam os dentes, para que não sofresse uma septicemia. Dormia numa cama feita com um velho pulôver meu. Eu ficava quase o tempo todo cuidando dele, lendo ao seu lado e dando, a cada oito horas, as injeções. No tempo que levei para ler *Guerra e paz*, de Tolstói, o gato se recuperou e começou a se lavar com a sua língua de lixa – sintoma inequívoco de que os gatos estão bem. Asterix passava para visitá-lo de tarde e tomávamos chimarrão. Lembro que eu ficava olhando como dos telhados dos edifícios da frente saía a fumaça branca das caldeiras. Estávamos em pleno inverno. O gato se salvou, mas o meu casamento com Susi, não. Bateu biela. E um dia me disse que ia embora com o gato para outro lugar. Acho que tratava de deixar-me à deriva com o aluguel para ver se tomava jeito para sair e buscar trabalho e tentava reconquistá-la e essas coisas. Estava experimentando comigo uma terapia de choque. De modo que chocamos.

Quando fiquei sozinho, comecei a percorrer o apartamento como se fosse um animal enjaulado. Passei vários dias sem sair nem tomar banho e comendo o que restava nas estantes. Acho que daí me vem o asco pelas bolachas com patê de carne. Uma tarde o Roli, um amigo, me ligou e disse que tinha um trabalhinho para fazer. Ele coordenava um grupo de pessoas utilizadas para testar produtos. Você ia, mostravam um sutiã ou davam uma revista para ler e depois você dava a sua opinião. Atrás de uma câmera Gesel estavam os sociólogos, que tomavam nota. A primeira conversa que me coube foi sobre roupa íntima feminina. Éramos seis caras e acho que eu era o mais jovem. Um careca, muito elegante, e que sem dúvida desfrutava tendo um público cativo para soltar suas opiniões, falou sem parar até que o coordenador da mesa o derrubou. Lembro que o careca disse: gosto de comprar a roupa íntima da minha mulher. Deram 20 pesos para cada um por dizer bobagens nesse lugar. Uma parte desse dinheiro eu gastei num sebo do parque Centenario. A maioria das mesas estava infectada com esses romances de merda do *boom* latino-americano, mas resgatei *As sereias de Titã*, de Vonnegut, uma obra-prima. Estava lendo-a jogado sobre a cama e comendo umas bolachas de mel, quando o Asterix bate à porta e me pergunta se eu não queria acompanhá-lo, de noite, ao clube Yupanqui para ver uma luta de boxe. Disse que sim. A televisão tira a violência do boxe. Achata-o. Quando você está ali, ao lado dos caras que estão lutando, você sente os golpes e sua respiração entrecortada com nitidez. É horrível. Um paraguaio tingido de louro quebrou a cara de outro paraguaio semicalvo e cabeçudo. Quando terminou, Asterix me convidou para comer uns hambúrgueres e uma cerveja. Comemos em silêncio e me pareceu que ele tentava, a sua maneira, me ajudar no transe do abandono. Não tínhamos falado nem uma palavra, mas estava tácito que sabia que Susi e o gato tinham se mandado.

Daí em diante, cada dois por três, batia à minha porta para tomar uns chimarrões de tarde. E uma noite o acompanhei a um baile em Constitución. Eu dancei com uma santiaguenha muito linda e o Asterix foi com uma boliviana que se chamava Adela e que causava impressão porque parecia uma fisiculturista velha e pintada.

Assim andamos, daqui pra lá, de lá pra cá, durante dias. Sem nunca falar nada de pessoal, mas segurando a barra.

Chegamos ao dia em que tive o *satori*. Quero contá-lo pouco a pouco, milimetricamente, como a minha mãe fazia quando me curava do empacho, me fazendo segurar uma faixa na boca do estômago, para esfregá-la com seus pulsos.

Estava claro que se continuasse encerrado no apartamento, comendo o que restava e dormindo todo o dia, iam terminar me reconhecendo pela dentadura. Então numa manhã, presa de um entusiasmo inesperado, saí para correr no parque Centenario. Voltei, tomei banho, abri uma lata de ervilhas e misturei com dois ovos fritos e comi. Me joguei na cama para o que faltava do livro de Vonnegut. Soou o telefone e era Roli. Me disse que à tardinha ia se encontrar com uns amigos no bar Astral, na Corrientes. Disse-lhe que nos veríamos ali. Tirei o televisor, que estava guardado no armário, e me pus a ver um pouco de tevê em preto e branco. Passavam um filme estranho, chamado *A noite do caçador*, com Robert Mitchum num papel genial. Adormeci e quando acordei estava com a boca pastosa e tinha babado na almofada. Estava escuro. Tomei outra ducha. E saí para o Astral. No fundo, a passos dos banheiros, Roli falava com Rodolfo Lamadrid e Daniel Dragón, uns amigos que nessa época estavam fazendo uma revista de poesia chamada *Dieciocho Buitres*. Disso já passou longo tempo e as coisas mudaram muito. O bar Astral continua na Corrientes, mas completamente mudado. Quando eu ia era um lugar cinza, com pouca luz, onde os bêbados que se arrastavam pela madrugada se escarrapachavam nas cadeiras ou discutiam até o amanhecer. Tito, o garçom, parecia um cantor negro e calvo de blues. Com uma habilidade extraordinária para trazer o que ele queria e não o que se pedia. Homem de poucas palavras, há quem diga que atualmente trabalha num bar de taxistas em Constitución. Quase na entrada do banheiro estava a *jukebox* com os sucessos melódicos dos 70: Camilo Sesto, Sandro, Quique Villanueva etc.

A história dos que faziam a *Dieciocho Buitres* também é interessante. Uma revista de poesia que só durou dois números, mas que causou grande impressão sobre o que se poderia chamar de "a jovem poesia argentina". A mim, particularmente, nunca entusiasmaram como grupo. Eram pedantes e metidos e quase analfabetos. E digo isto apesar de que cheguei a publicar uns poemas no número dois e apesar de que gostava muito de como alguns deles escreviam. Rodolfo Lamadrid, com o tempo, e como se sabe, se tornou conhecido não por seus poemas mas por seu programa de rádio *A Hora do Bastardo*. Mas eu nunca o escutei. O caso de Daniel Dragón foi trágico. Era provavelmente o poeta mais dotado da sua geração. Até que em algum momento caiu em suas mãos uma biografia de Mishima. Identificou-se tanto com o japonês que começou a deixar de ver os seus amigos íntimos e, com fãs jovens da sua oficina literária, armou um exército privado. Treinavam – dizem – numa chácara que um deles tinha no Tigre. A partir daí não frequentou mais os recitais de poesia, os lançamentos de livros e não abriu a porta da sua casa a ninguém. A menos que se fosse descalço e lhe pedisse de joelhos para ser iniciado no que ele chamou de Minha Legião. Nessa época lançou numa edição caseira a sua última publicação em vida: *Ressentimentos completos*, um panfleto contra toda a poesia argentina de uma virulência quase genial. Atualmente, numa banca de livros velhos do parque Centenario, ainda se encontram alguns (eu comprei vários e costumo presenteá-los como suvenir).

O final é história conhecida pela opinião pública, mas, como costuma se dar, não conforme realmente aconteceu. Dragón e seus rapazes organizaram um encontro de poesia num hangar que se alugava para festas no bairro de Colegiales. Surpreendentemente, pareciam decididos a fazer as pazes com todo o ambiente poético local e convidaram cuidadosamente, como se comprovou depois, várias revistas e grupos literários dos quais tinham a pior opinião. O lugar estava repleto e os poetas convidados lendo seus poemas e suas falas de acordo com o cronograma da jornada, quando os discípulos de Dragón, vestidos teatralmente de preto, fecharam as portas do hangar, sacaram suas armas e esperaram que seu Chefe subisse no cenário, onde estavam se desenvolvendo as atividades. Amigos, dizem que disse, vocês são muito ruins e não se perde nada. Esta é a verdadeira forma de fazer crítica literária: pondo o corpo. Me custou encontrar qual era a minha missão. Agora sei: mudar a poesia argentina para sempre. Esta é uma tarefa da qual não se sai vivo. Depois fez-se um silêncio onde imagino que cada um dos presentes se viu acorrentado a uma performance letal, até que, como se tudo estivesse matematicamente ensaiado, começou a chuva de balas, que terminou no massacre conhecido por todos. Exceto cinco, que não se animaram (e entre eles também é preciso contar aqueles cujas pistolas travaram porque eram armas vagabundas, compradas de segunda mão), quase toda a Legião de Dragón se suicidou, incluindo o Grande Chefe. No outro dia os jornais falaram de uma seita estranha, com brasileiros implicados e ritos satânicos; custava-lhes entender que era só um problema poético. Não me surpreende: o jornalismo nunca entendeu a Poesia.

    Mas estávamos no Astral e ainda faltava muito para esses acontecimentos. Daniel Dragón falava lentamente do financiamento do número dois da *Dieciocho*, como se referiam a ela, e Lamadrid mandava uma genebra atrás da outra. Roli ia e vinha do banheiro, duro de pó como esses passarinhos que saem para dizer cu-cu e voltam a se entocar; e eu me dediquei a rapear a minha desgraça com a Susi. O bar se encheu e se esvaziou várias vezes e chegaram as 11 da noite. Então levantei, cumprimentei-os e decidi voltar para casa caminhando pela Rivadavia. Havia no ar uma prévia da primavera e isso dava vontade de estirar as pernas. Não sei quanto levou (eu caminho bem rápido e a um passo regular), mas me pareceu que já deveria ser meia-noite quando cheguei à esquina da minha casa e divisei o Asterix dali, parado na porta do edifício. Freei no ato. De repente notei que, apesar de ser um zelador que tem de se levantar muito cedo para lavar a calçada, o Asterix tinha hábitos bem noturnos. De fato, o tínhamos encontrado eu e Susi, quando voltávamos aquela vez da veterinária com o gato dopado, bem tarde, e também voltei a encontrá-lo quando retornava frustrado da busca do gato pelas vias do trem do Oeste. Agora, do ponto onde eu estava na esquina – atrás de um carro e de uma árvore pequena mas frondosa – o Asterix não podia me ver. Fiquei um momento observando. Esperando que entrasse. Por nada de especial, simplesmente não queria falar com ninguém. Após 15 minutos esperando junto ao carro, bateu um vento em forma de redemoinho que parecia pressagiar tormenta. Podia escutar o murmúrio das águas nos bueiros. Asterix continuava firme como um granadeiro.

Então, repentinamente, contra a minha vontade, cruzei a rua e comecei a caminhar até o edifício amarelo. Mal me viu, levantou a mão e sorriu. Estava me esperando. Toquei na sua campainha duas vezes, me disse. Estava com uns amigos, disse. Quero levar você a um lugar onde vou sempre, me disse, na expectativa. Era estranho. Havia algo na voz que me tranquilizava, que dava a sensação de que era o mais lógico do mundo que estivesse me esperando a essa hora. De fato, tinha ido ver boxe com ele várias vezes, tinha ido dançar em Constitución e tomar cervejas nos barzinhos da Primera Junta. Num instante, a gente estava no último ônibus da noite rumo a quem sabe onde.

Descemos na rua Cruz e começamos a bater perna – o Asterix caminhava rápido e eu o seguia. O vento tinha parado e a noite estava calma. Íamos pela avenida Cruz em direção ao Bajo Flores. Na rua, exceto algum carro que passava, pingado, não havia uma alma. As casas (nessa rua não há edifícios e pode-se ver o céu nitidamente) estavam às escuras, a não ser por uma lufada de tevê que denunciava algum notívago empedernido. As luzes de neon nos batiam com seus cones, a intervalos cada vez mais isolados. Num certo momento estávamos cruzando por baixo da ponte da ferrovia e tomei um susto que me deixou duro: a um passo de nós, e devorado pela escuridão, jazia um cavalo morto. Se não o tivéssemos visto, possivelmente teria trombado com ele e talvez até tivesse caído em cima dele. Mas o Asterix se orientava como um morcego e tocou na minha mão para me avisar. Depois me disse: vamos nessa que o pessoal da quebrada vai rangar esse aí. Desviamos do cavalo e aceleramos ainda mais o passo. Chegamos aos terrenos onde o clube San Lorenzo construiu a sua vila esportiva e, posteriormente, o estádio. Cruzamos a avenida e tomamos uma rua lateral, muito escura. Parecia a entrada de um bairro muito precário, com as casas construídas pela metade. Era o império do cimento. Me veio à cabeça um sanitário cinza, feito desse material, um sanitário raspador de nádegas. Ao nosso redor crescia um labirinto de casas, com corredores pequenos que se abriam à esquerda e à direita. Cruzados por cabos e cordas de lavar roupa. Nuns latões de lixo de ferro, espalhados a esmo, queimava alguma coisa. E essa era a nossa única iluminação. É o bairro boliviano, Asterix me disse, vendo que eu olhava intranquilo para todos os lados. Você tem de vir um dia à festa da procissão da virgem, disse, é incrível. Um murmúrio, acompanhado por uma música distante, começou a habitar o ar. Continuamos caminhando e percebi que as casas estavam vazias ou abandonadas. Todo o bairro tinha se mandado para outro lugar. Caminhamos e caminhamos e o murmúrio se tornou cada vez mais intenso. Até que atravessamos uma ruela que nos deixou cara a cara com algo que me pareceu extraordinário. Às nossas costas estava o bairro que acabávamos de cruzar, e diante de nós um descampado imenso, similar a uma cratera, onde se podiam divisar duas traves de futebol malfeitas e meio afundadas. E encaixada na cratera comprimida se erguia algo similar a uma quermesse da Idade da Pedra. Tudo iluminado pelo que se queimava nas latas de lixo. Uma multidão se mexia aí embaixo, como um formigueiro em plena atividade. Vamos, me disse o Asterix, e quase caímos num desnível que tivemos de descer para chegar às portas da multidão. Mulheres e homens de todas as idades. Tomando algo que tiravam de uns tonéis azuis em copos de plástico. Falavam em voz alta, sonhavam acordados, cada um com seu próprio rolo. Outros estavam jogados no chão, rindo. E havia quem chorasse e falasse pros céus. Asterix e eu caminhamos lentamente, esquivando-os. Parecia que mal nos percebiam. Estavam todos doidões e nós éramos os caretas que chegavam tarde para ver qual era a onda. Me abordaram uns caras vestidos com ternos brancos, muito elegantes e com o cabelo engomado. Tinham em suas costas umas serpentes imensas, com a mesma naturalidade com que o tocador de realejo mantém o mico na praça. Os caras ofereciam anéis, que mostravam nuns panos pretos. Claramente não faziam parte do rito. Cumpriam, quando muito, o papel do vendedor no estádio. Então Asterix, que ia na minha frente, me passou o primeiro copo da noite. Tomei aos poucos, temeroso. Cheirava a licor de tangerina. Num instante já tinha outro copo na mão e outro e outro. Senti um formigamento agradável nas pernas à medida que caminhava. Asterix falava com uma gorda... Na realidade discutia. Sim, algo estava acontecendo, como se o roteirista tivesse decidido dar uma virada forte na coisa. Muitos cruzavam olhares duros e outros começavam a insultar e a empurrar. Tive medo. Agora os que antes rezavam ou riam estavam combinando ir à guerra ou bater um pênalti. O primeiro que me pegou foi um velhinho que tinha uma mão imensa repleta de anéis dourados. Senti um calor que anestesiou o meu rosto. Dei-lhe um chute à altura do peito e o velho caiu de costas. À minha esquerda, a gorda soltava um direitaço no Asterix e ele se esquivava e metia um *cross* na mandíbula, impecável. A mulher jogou-se em cima dele, uivando. Eram todos contra todos, pau e pau, mulheres e homens sem distinção. Só os que caíam não apanhavam mais. Essa parecia ser a única regra. Um dos caras das víboras se aproximou e me falou para comprar seus anéis, para bater mais forte. Não cheguei a responder porque uma mulher agarrou meus cabelos e começou a sacudir a minha cara. Era muito magra, ossuda e batia forte. Caí no chão. Caiu em cima de mim um gordo com cheiro de mijo. Levantei como pude. Um anão musculoso, com um abrigo Adidas, estava me olhando com gana. Comecei a correr atropelando gente, morto de medo. O anão me seguia. Me bati de bruços com uns que estavam fazendo algo similar a um *scrum* de rugby, ainda que um pouco mais violento e desordenado. Alguém me agarrou por trás e me meteu no *scrum*, nos batemos, batemos, comecei a sangrar. Outra vez de cara no chão. Uma mulher se aproximou de mim gritando algo num idioma estranho. Me deu um copo de plástico e tomei um pouco e outro tanto joguei-me na cara. Ardia pra cacete. Então me aconteceu uma coisa. Levantei de repente. Por algum motivo inexplicável, num abrir e fechar de olhos, já não sentia nenhum medo físico. Fosse o que fosse, estava claro que eu era um membro dessa tribo. Um verdadeiro veterano do pânico. Senti que, além do licor, tinha lágrimas nos olhos. Um morenão com a camisa de um clube de futebol veio para cima de mim. Era um irmão enlouquecido. Começamos a lutar bonito. Os golpes não me doíam, não sentia o corpo. Eu era Asterix, era eu, era ninguém. E compreendi que nessa noite estranha sob as estrelas de um bairro remoto me tinha sido concedido o dom da invisibilidade. E tive o *satori*.

Caso possa ser útil a alguém, faço o seguinte *racconto*: nunca mais voltei a ver Susana Marcela Corrado. Mas, através de um amigo comum, soube que se casou com um homem muito mais velho do que ela, com quem teve um filho. Asterix foi detido e acusado de violar e matar duas mulheres a quem havia conhecido num baile de Constitución. Enforcou-se com a sua camisa, na prisão, enquanto esperava a condenação. Muitos anos depois, na redação de um jornal onde eu trabalhava, o especialista em polícia (que também está morto) me disse que ele pensava que o caso do duplo assassino de Boedo era todo um blefe armado pela polícia para responsabilizar alguém pelos crimes que eles tinham cometido. Asterix, me disse, dava o perfil exato para enfiar os mortos porque não tinha família, era pobre e quase ninguém sairia em sua defesa. Tinham razão. Para que tudo fechasse, fizeram-no se suicidar na cela da delegacia onde estava detido. Susi veio uma tarde ao apartamento, enquanto eu não estava e, como disse, levou o gato. Foram viver numa pensão da rua Pedro Goyena. Após alguns meses, o animal escapou. Os gatos são assim.

A mortificação ordinária

"Não há solidão mais profunda que a do samurai,
a não ser, talvez, a do tigre na selva."

– O BUSHIDO

Estamos falando de um homem de uns 50 anos. Noutros tempos costumava usar cabelos longos, jeans, tamancos e tinha um nariz de falcão e levemente torto, que o fazia respirar pela boca. Agora está sentado num quarto despojado, com uma única mesa e duas cadeiras. Sobre a mesa há uma pequena gaiola, onde repica um cardeal. A gaiola do pássaro está perfeitamente arrumada. Com a comida colocada num recipiente de plástico, ao lado. Uma pequena vara de madeira, que se curva em *u* e serve para o cardeal se balançar e pular de um lado para o outro da gaiola. A casa está completamente arrumada e limpa. As paredes são brancas, sem quadros nem fotos. A comida do homem está repartida entre a estante e a geladeira, suspensas na pequena cozinha. O homem está trocando a água do cardeal. Tem o cabelo muito curto, quase raspado e uma cara angelical, que faz com que pareça mais jovem. Mas tem 50 anos e um nariz novo, perfeito, que lhe permite respirar sem dificuldade. Em vez do pijama, usa o quimono que comprou há quase 10 anos numa feira americana. Tocou o telefone. Falou com alguém. Em seguida tirou o quimono e foi tomar banho. Se secou. Procurou a maleta preta que tinha guardado na parte de cima do guarda-roupa. Tirou de dentro lápis, têmperas e folhas de desenho, que hibernavam ali fazia milhões de anos. Preparou uma muda de roupa que foi acomodando no interior da maleta. Depois vestiu o blazer azul e uma calça de flanela cinza, o uniforme que costumava utilizar quando dava aulas. Pegou a gaiola do cardeal com uma mão e a maleta com a outra. Abriu a porta, fechou com chave e tocou a campainha do vizinho. Estamos falando de um edifício velho, de construção racionalista, que faz água por todos os lados. Abriu-se a porta preta e aparece a cara de uma mulher gorda e velha, com uma rede no cabelo. A mulher disse: Olá, Carlos. Olá, senhora Marta, tenho que sair por vários dias, porque morreu a mulher que cuidava da minha mãe. Você poderia cuidar do cardeal? Como não, disse a mulher. O cardeal passou de uma mão para outra. Carlos, disse a mulher enquanto apoiava a gaiola num piso esburacado e sujo, se você precisar de alguém para cuidar da sua mãe, eu tenho uma pessoa em mente. Coitada, está tão velhinha a Teresita, não é? Muito obrigado, disse Carlos, mas acho que vou cuidar dela até o final, agora que tenho tempo. Sim, o final, disse a mulher, quando Deus nos aponta com o dedo estamos prontos, é inútil se rebelar.

Cada pessoa vive em sua mônada. É o mesmo processo de viver a construção da mônada blindada. Se conseguimos chegar à metade da vida, a mônada tem apenas – com sorte – uma pequena janelinha, como a das bancas de guloseimas por onde se costuma dar o dinheiro e receber, em troca, os cigarros. O ar na mônada está viciado pelo encerramento, e é isto o que nos aturde lentamente até que chega a morte.

E a morte de Herminia, a mulher que cuidava da Teresa, chegou de maneira súbita, com a precisão do infarto, enquanto tentava subir uma escada, para pendurar no terraço a roupa limpa da idosa. Herminia tinha 40 anos, mas aparentava 60. Estava gorda, abatida, fora de controle. Teresa acusava na balança de Caronte 91 anos e, apesar de durante muito tempo ter gozado de uma saúde de ferro – com uma memória e uma vista notáveis –, nos últimos trechos – já com as passagens na mão para subir na lanchinha do grego –, o seu cérebro tinha se encerrado numa melodia inexplicável. E a memória a habitava a rajadas, com a intermitência de um pisca-pisca. Teresa tinha sido uma boa mulher que atravessou o século trabalhando duro e com um único talento: a capacidade de dar amor aos demais, para além da sua importância pessoal. Carlos era o seu único filho. Teve-o quando já era mais velha. O pai de Carlos apareceu por Boedo de repente e abriu um consultório de médico clínico na Carlos Calvo com Maza. Mas não era um médico, era um impostor. E já havia praticado – como um bom renascentista – milhares de profissões ao longo do país. Como todo impostor, era bonito e muito carismático. Em Boedo era chamado de Pedernera, pela semelhança que viam nele com o jogador do River quando armavam as peladas na rua Loria, nos dias que não tinha feira. Pedernera, dizem, era matador. Quando o Carlos estava para fazer um ano, Pedernera foi direto para a prisão, denunciado por um paciente moribundo. Carlos e o pai voltaram a se ver muitos anos depois, quando Pedernera foi libertado e abriu um bar na avenida Belgrano com outros amigos da penitenciária. Carlos foi lhe pedir dinheiro, o pai mandou dois caras o surrarem milimetricamente.

Quando chegou a casa, o filho da Herminia o recebeu – um roqueiro ruivo com uma voz fininha, a qual tratava de cinzelar fumando compulsivamente cigarros fortes. O ruivo explicou-lhe o estado das coisas: onde estavam os remédios, a que horas e que coisas a sua mãe comia e onde estavam os documentos do hospital, caso necessitasse. Parecia um desses caseiros de cabanas de praia que esperavam a chegada do dono para lhe dar as chaves e cair fora. Carlos disse ao ruivo que, se não tinha para onde ir, podia ficar num dos quartos até que conseguisse alguma coisa. Mas o jovem disse que ia viver na casa da namorada e que só o estava esperando para transferir o mando da casa Usher. Quando o ruivo se foi, Carlos percorreu quarto por quarto, ventilando-os, e tratando de recuperar emocionalmente essa que tinha sido a sua casa da infância. Numa das salas, sua mãe estava sentada na cadeira de rodas. Olhou-a através da cortina da porta. O ruivo tinha dito que sua mãe gostava – ainda que não pudesse distinguir nada – de ficar diante do televisor. De qualquer maneira, não havia muito que distinguir num televisor que emitia toda tremida uma imagem precária numa única cor rosada. O som era um ronronar monótono em que, de vez em quando, se identificava uma palavra limpa. Com o tempo, Carlos chegou a pensar que o que se via na tela era similar ao que habitava o cérebro da sua mãe. Acordava-a de manhã. Tirava-a da cama e lavava os lençóis que pendurava no terraço. Trocava as fraldas e limpava-a meticulosamente. Cozinhava e lhe dava de comer na boca. Dava os comprimidos que o médico havia receitado. Para a circulação, para o estômago, para as articulações. Às vezes a mãe dizia: Herminia. Outras vezes dizia-lhe: Carlos, Carlos, é você? Se fazia tempo bom, levava-a ao pátio e a deixava ao sol. O inverno avançava e os dias duravam pouco. Quando chovia, ele se punha a ler na soleira as obras completas de Curzio Malaparte. Lia de tudo e sem parar: o *Ulisses*, de Joyce, uma semana; *Guerra e paz*, duas; Papini, uma. Tinha redescoberto sua velha biblioteca e pensava que os livros, como os vinhos, eram melhores quando envelheciam. Uma noite tocou o telefone – lembrou nesse momento que tinham um – e uma voz lhe disse: Olá, Ruchi. Com quem quer falar? Ruchi não mora aí? Não é o 976933? Sim, mas aqui não mora ninguém com esse nome. Desligaram.

Às vezes, quando ia dormir, apareciam-lhe lufadas de lembranças. O magro Spadaveccia. Quando era jovem chamavam-no "O Falcatrua" porque vivia alardeando o seu talento para jogar futebol, para descolar meninas, para tudo. Era o filho do dono da loja de discos La Mascota que ficava na avenida Boedo chegando na San Juan. No entanto, em algum momento, o magro Spadaveccia sofreu uma conversão. Saiu do seu palácio – uma casa bonita com piscina – e, igual ao Príncipe Siddarta, se deu conta que existiam pobres no mundo. Ato seguinte, meteu-se na JP e chegou a ser o chefe da unidade básica da Estados Unidos com Maza. Ali conheceu o Carlos. O magro Spadaveccia. Que o fez entrar na *orga* e o formou. Que o ajudou a percorrer as quebradas fazendo trabalho social e que o felicitou quando Carlos e seu grupo tomaram a Pueyrredón. Uma vez quis explicar-lhe sua fascinação por Giacometti, mas o magro estava para outras coisas. Uma tarde, com todos os rapazes da JP, subiram no telhado de uma fábrica tomada e fizeram o J e o P com seus corpos. O magro Spadaveccia estava parado na barriga do J. Alguém tirou essa foto que saiu numa revista de atualidades. Essa foto também serviu para identificá-los quando as coisas começaram a ficar pretas.

As figuras de Giacometti vêm da escuridão, passam pela luz e voltam à escuridão. Giacometti as agarra justo quando estão sob a luz, num momento fugaz.

De vez em quando lhe chegavam notícias de alguém que havia sido ele. Mandavam catálogos da Alemanha e Japão, onde expunham suas obras. E o inquilino da rua Esparza lhe fazia chegar o aluguel. Não lembrava dessa casa onde tinha vivido com sua mulher e seus filhos e, ainda que se esforçasse, não lembrava de ter pintado nenhum quadro. Lembrava, sim, ainda que tratasse de esquecê-lo, que tinha sequestrado um cara, um empresário que se dedicava a vender gordura de animais. E também lembrava de estar correndo pelos telhados de uma vizinhança, com um revólver na mão, com o magro Spadaveccia atrás e Kundari na frente dele, à cabeça, gritando. Não lhe incomodava se lembrar de tudo isso porque se arrependesse de alguma coisa. Não se arrependia de nada, só que tinha decidido apagar a sua história pessoal. Tinha construído uma dobradiça de aço que separava a sua vida em duas.

O ruivo entrou apressado por causa da garoa que encardia os ossos já fazia quase quatro dias inteiros. Era, como dizem os mexicanos, *chaparrito*. Vestia um canguru preto onde, no peito, se via o logo de uma banda de rock. Os tênis, também pretos, estavam arruinados. Como Carlos não estava ligado nas últimas modas dos jovens, não distinguiu nada especial na totalidade do rapaz, só uma mancha preta (seu corpo) mesclada com uma mancha vermelha (seu cabelo). Uma camisa do Newell's Old Boys. O ruivo explicou-lhe, com sua voz de apito exasperante, que tinha tido problemas com a namorada e por isso decidiu aceitar a sua oferta de pensão. Assim que resolvesse umas coisas que estavam pendentes, alugaria um quarto num hotelzinho já em vista. Carlos preparou um ninho para que dormisse no quarto que se comunicava, por meio de uma porta, com o banheiro que dava para o pátio. Com a chegada do ruivo, o que mudou na casa foi o ar. Uma nuvem de tabaco preto flutuava pelas salas e às vezes estacionava no pátio. Na primeira noite, Carlos dormiu pensando a quem lembrava a cara do menino. E sorriu quando descobriu que o ruivo era igual ao rapaz que aparece desenhado nos alfajores Jorgito.

Kundari. Sempre que sua lembrança o acossava, aparecia-lhe correndo a seu lado, gritando alguma coisa, enquanto escapavam de um tiroteio que tinha dado merda. Kundari era um animal. Nas palavras de Spadaveccia, um cara muito corajoso que é preciso manter bem controlado porque não sabe pensar. Kundari era ossudo, com topete, bigode e olhos negros e grandes. Sempre tinha cheiro de transpiração. Quando viu a debandada foi viver no Sul. Mas não aguentou e voltou à capital, onde, graças a um contato que tinha sobrevivido e que depois se tornaria milionário com outros governos, conseguiu um humilde posto de assistente num colégio especial para repetentes e crianças com severos problemas de comportamento. O colégio era o Carlos Pellegrini, mas todos chamavam-no Charly. A carreira do Kundari como assistente terminou quando pôs um revólver na testa de um menino que o deixou louco e engatilhou duas vezes. A arma estava descarregada, mas o menino desmaiou e quebrou um braço.

Alguns dizem que seu famoso contato conseguiu enviá-lo para outro lugar, sem que o prendessem, mas o certo é que na saída do Charly se perdem os rastros do Kundari.

As lembranças geram curiosidade. Levantou quando amanhecia e subiu no terraço. Ali estava, antigamente, o seu ateliê de pintura, que, quando chegou a Herminia, se transformou na lavanderia. Entrou. Foi direto a umas caixas que estavam na parede. Arrastou-as com esforço. Não se lembrava delas tão pesadas. Atrás das caixas tinha um armário de remédios embutido na parede. Abriu. As armas estavam ainda ali. Hibernavam. Perguntou-se se as armas, como os livros, se tornariam melhores com a passagem do tempo.

O ruivo contou-lhe que trabalhava como *roadie* de uma banda de rock que estava em ascensão. Em pouco tempo seremos famosos e isso vai ser bom, disse. Também contou que a sua namorada se chamava Rita. Contou que tinha tentado estudar na escola técnica, mas que se entediava mortalmente. Leu uma letra que tinha escrito para a banda de rock e que esperava que os músicos gostassem. A letra falava de um jovem a quem chamavam de Dragão porque quando se embebedava vomitava de uma maneira violenta. O jovem também tinha poderes telepáticos e podia adivinhar tudo o que as pessoas pensavam. Por isso tinha se tornado um cara calado. Carlos, ao contrário, não contou nada da sua vida. Limitava-se a falar o necessário. Às vezes mandava-o comprar alimentos ou pagar uma conta. Um dia, em que se levantou particularmente incomodado, pediu-lhe que fumasse somente no pátio. Outra noite acordou em plena madrugada e sentiu algo assim como um chirrio, como se um rato moribundo se debatesse na arapuca. Levantou e, quando saiu para o pátio, percebeu que o som vinha do quarto do ruivo. Pensou em fazer meia-volta e voltar ao seu ninho, mas algo o fez bater e abrir a porta. O rapaz estava nu, ajoelhado contra a parede, chorando. Em doses pequenas, com uma voz risível, o ruivo contou que sua namorada o tinha deixado por culpa do irmão. Por culpa do seu irmão? Não, não, disse o rapaz. Por seu irmão. E se explicou: o irmão era o chefe de um bando que roubava carros e os revendia. Também vendiam drogas. Segundo o ruivo, o irmão achava que ele tinha querido enganá-lo. Enganar?, perguntou Carlos. Sim, acha que eu lhe tirei droga e vendi por minha conta. Você tem droga aqui na casa?, perguntou Carlos. Não, não, eu não tomo nada, é sério. Mas ele não acredita. E capturou a Rita só para ele. Guardou, guardou, guardou ela, repetiu o rapaz como um mantra.

    Estava contente porque tinha conseguido que sua mãe apoiasse a planta dos pés na cama e se erguesse, apoiando-se nas costas, uns centímetros, para que ele pudesse tirar a fralda e lavá-la tranquilamente.

    Prestando muita atenção, podiam-se isolar na tela do televisor duas figuras que falavam sentadas uma diante da outra. Devia ser um programa de entrevistas. As silhuetas se alongavam ou se contraíam a espasmos regulares. Desligou a tevê. Atrás dele, sua mãe dormia babando na almofada. Apagou a luz do quarto e saiu para o pátio. Garoava outra vez e fazia frio. Tocou o telefone. Ruchi, dizia a voz quando ele levou o fone ao ouvido, o Grande Danês diz que, se você não trouxer tudo, vai mandar o braço da Rita pelo correio. Desligou. Na penumbra da sala viu que o ruivo tinha se levantado e vinha do pátio em sua direção. Quem era?, perguntou, nervoso. Estava de cueca e tinha um aspecto ridículo. Alguém que procura um tal Ruchi, já ligaram outra vez por engano, disse Carlos se esquivando do ruivo para entrar na cozinha e fazer um café. Carlos e o ruivo se sentaram cada um a um lado da mesa. A luz lunar do tubo de neon palpitava. Na tulipa que cobria a lâmpada havia um montão de insetos mortos. Eu sou o Ruchi, disse o ruivo. Houve um longo silêncio interrompido pela cafeteira, que borbulhava. O homem se levantou e se serviu um café e passou outro ao ruivo. Eu sou Carlos Apaolaza, disse, oferecendo-lhe a mão.

Era curioso. O magro Spadaveccia dizia que o Kundari era perigoso porque não pensava, mas, quando iam para um enfrentamento, aconselhava o Carlos a se mover sem pensar. Já tinham planejado tudo milimetricamente, então era preciso, em vez de respirar, ser respirado pela ação.

Seus velhos chegaram da Dinamarca para trabalhar no campo, junto com outros colonos. Após um tempo, mudaram-se para os arredores da capital, vivendo de uma maneira muito precária. O pai morreu porque uma úlcera o perfurou, e sua mãe voltou a se casar com um cara que terminou fazendo filmes eróticos para a América Central. Sua mãe era uma loira alta, bonita. Coisa que a salvou da miséria. Ele terminou às turras com o seu padrasto e teve que se mandar da casa. Num bar onde ia jogar sinuca, conheceu o Halcón, este homem seria como um pai para ele. Rapidamente o Halcón o colocou à cabeça de um bando que se encarregava de reciclar carros roubados para voltar a vendê-los. Graças a uma conexão policial, conseguiu armar o seu quartel-general numa fábrica abandonada da periferia entre Parque Patricios e Pompeya. As coisas iam mais que bem. Tinha dinheiro no bolso, tinha conseguido que sua irmã deixasse sua mãe e viesse trabalhar para ele. E seus empregados o chamavam, com respeito, o Grande Danês. Escutar isso o arrepiava. Porque, ainda que o ocultasse, era um sentimental. E isso foi o que o matou. Porque nunca ia mandar o braço de sua irmã pelo correio, como gostava de alardear diante de seus rapazes. Nem tampouco ia ter sua irmã por muito tempo mais em penitência, sob a vigilância dos irmãos Arizona. Queria que aprendesse que as coisas custavam muito e que tinha se enrolado com um ruivo idiota de voz ridícula. Já ia passar, se dizia enquanto jogava, nessa tarde, no Play Station com o Turco, seu homem de máxima confiança. Estavam no andar alto da fábrica, onde se subia por uma escada que nascia na imensa garagem ao ar livre por onde, nos bons tempos, os caminhões descarregavam mercadoria. Agora estava repleto de carros, que eram maquiados por expertos. Ao lado da poltrona onde eles estavam sentados, movendo os jogadores na tela, estava o Luque, um pequeno rateiro que passava o tempo todo escutando música num walkman. Mexia as pernas seguindo o ritmo, jogado numa poltrona destruída. Pappo cantava "El tren de las 16". *Yo sólo quiero hacerte el amor. E ir caminando juntos bajo el sol.* E justo aí. No meio desses dois versos se escutou a primeira detonação. Luque escutou-a abafada, como se ocorresse a quilômetros do lugar. Mas viu que o Grande Danês e o Turco se levantaram de repente. *Pero estaremos juntos hasta el amanecer*, dizia Pappo, quando entrou no quarto, mancando e sangrando, o moleque que cuidava da garagem. Tem um louco de merda aí embaixo! Jogou um molotov!, gritou enquanto caía aos pés do Grande Danês. Foi incrivelmente rápido, lembraria o Luque anos depois e sempre. O Grande Danês e o Turco tentaram pegar as armas que estavam em cima da escrivaninha, mas o cara, que estava parado agora na porta – Luque sempre se lembrava do cabelo engomado, penteado para trás, brilhoso –, tinha duas porras de revólveres e atirava como Trinity, o caubói dos filmes. Pim! Pum!, e o Turco no chão. Pum! E o Grande Danês de joelhos, com dois tiros nas pernas. Pum! E um exclusivo para ele, de walkman!

Os irmãos Arizona morreram fazendo a digestão, tirando uma soneca em cima das sobras da mesa. O Grande Danês, com as pernas feridas, levou-os até o lugar num carro reciclado. A dois por três, olhava de soslaio o cara que lhe apontava enquanto o ruivo dirigia. Tinha o cabelo brilhoso, com gomalina. Nunca o tinha visto na porra da vida. O ruivo se acomodou no assento do ônibus. Ao seu lado, Rita dormia de cara para a janela. Mas ele não podia dormir nesses assentos de merda, que mal reclinavam. Tinham apagado as luzes e tudo estava iluminado pelo televisor, que passava um filme estúpido. Longe dali, uma mulher trocava a água do cardeal. O microcérebro do pássaro era perturbado por imagens que não podia decodificar, já que não estavam glosadas dentro do seu mundo passaresco. Estas imagens faziam-no pular de um lado para o outro. Ele não podia saber que noutra vida, antes de reencarnar nessa gaiola, se chamava Kundari.

O locutor

"Una-se a mim, filho, e juntos seremos os senhores do universo."
— DARTH VADER

Primeiro dia

Apressados pelos prazos, os operários trabalham dia e noite para demolir a construção. Como é feita de materiais de uma época melhor, torna-se difícil desmontar determinadas partes. Alguns sugerem, se apertar o tempo pedido pelo arquiteto, pura e simplesmente fazê-la voar com explosivos. Mas aos poucos vão derrubando a sala de estar, os corredores que se comunicavam com o banheiro e a escada que levava ao terraço, onde, antigamente, a família se sentava para comer sob um toldo improvisado. E finalmente os esforços confluem para a porta fechada do quarto de dormir. Não podem abri-la nem batendo nela com as marretas mais pesadas. Chegando neste ponto, os operários se reúnem para decidir o que fazer. Retorna a ideia de fazê-la voar com dinamite, mas lhes parece um gasto excessivo. Falta apenas essa bendita sala e vão poder voltar para suas casas, receber o pagamento, deixar de uma vez esse lugar envolto em pó de escombros. A ansiedade começa a trabalhar em seus corpos, suam as mãos, tiram os capacetes e coçam a cabeça. Querem encontrar uma forma rápida de derrubar essa porta e demolir o quarto. Trocam ideias e começam a discutir opções até que tudo termina numa gritaria diante da porta de madeira. Então ele acorda. Aos poucos, porque sofre de surdez – que para seus filhos é funcional, porque serve para escutar só o que lhe convém –, os sons vão sendo identificados. O ronronar do ventilador que esteve na lida a noite inteira. A luz que deixou acesa quando dormiu por nocaute emite um cone frágil sobre a mesinha onde tem uns óculos, um copo com uma dentadura e uma pilha de jornais bagunçados. Do penico azul, de plástico, que se destaca debaixo da cama, sobe o cheiro de xixi, agora um pouco mais intenso por causa dos comprimidos que o doutor Lavena o está fazendo tomar para a próstata. De modo que, em algum momento da noite, sonâmbulo, se levantou, ou talvez só tenha se erguido na cama, e fez força para mijar como vem fazendo religiosamente, desde tempos imemoriais, desde quando vivia acompanhado por toda a família que ele, de maneira não muito consciente, se dedicou a criar. Sua mulher, seu compadre (o padrinho de seus filhos) e sua irmã maior: mortos. Seus filhos, a quem chamaremos A, B e C por ordem de nascimento, vivos, mas vivendo em outros territórios.

Alguém no cérebro trata de juntar os cabos como quando se tenta roubar um carro. Sim, faz a ligação direta e arranca: a primeira imagem é a cara de sua mulher. Hoje faz 24 anos, diz, e depois pensa no seu compadre e na sua irmã. Sobrevêm a esmo cenas da vida familiar. Até que uma lembrança-mãe, que o ativa e impulsiona nestes dias de calor sufocante, ocupa o lugar privilegiado em sua mente: faltam três dias para a final. Um choque de adrenalina percorre o corpo deste mamífero macho de 75 anos. E, sentando-se na cama, pensa na formação que lhe parece ideal: Robledo, Casak, Graña, Corsini, Igal, o Peque. Estará em boa forma o Peque? Não sairá da partida como costuma fazer? Levanta-se, pega o penico e caminha para o banheiro. Está nu. Abre a ducha. Enquanto está debaixo d'água toca o telefone, mas não escuta. Agora, com a água fria, vêm as lembranças da noite anterior. Dançou tango, num lugar de Pompeya, com várias senhoras. Tinha uma que praticamente era uma múmia. Ri ao se lembrar dela. Depois tem a outra, como era o seu nome? Mora em Banfield e disse que era parapsicóloga. Já faz várias noites que dança com ela. Pareço velho demais para ela? Talvez tivesse que tirar os óculos para dançar. Ele já dança o tango como um samurai luta. Não precisa pensar nem olhar. Ainda que, se alguém lhe dissesse que dança o tango como um samurai, simplesmente não saberia o que dizer. Não lhe traria quase nenhuma imagem à mente. Sai do banho. Se seca. Não são duas da tarde porque ainda não chegou a senhora que os seus filhos contrataram para cozinhar e limpar. Seus filhos. Rapidamente pensa em chamar o filho B, para dizer que o acompanhe para fazer uma tatuagem. O filho C já lhe disse que isso era uma ideia estúpida e que não pensava em gastar dinheiro com uma coisa que não serve para nada. Para ele, ainda que não possa expressá-lo em palavras, cada um dos seus filhos é como uma tonalidade musical. Mais grave, mais agudo, mais harmônico. Como costumava usar o telefone a torto e a direito, os filhos puseram um controle no telefone e agora só pode falar de maneira medida e não pode ligar para celulares. O filho B não está em casa. E para que esteja no trabalho – para onde pode ligar – ainda falta um tempo. Quanto à tatuagem, viu a do filho do Corrado, seu amigo do clube, com quem passa os sábados vendo o futebol infantil. Quer um escudo CASLA grande no coração, porque sabe que falta pouco, que desta vez a Libertadores vai ser deles, que não pode escapar, que os uruguaios, por mais time que formaram comprando figuras, não vão poder ganhar em Boedo. O Peque vai entrar na partida?

Liga o rádio e aumenta o volume até que as palavras que saem do artefato sejam claras para ele. Acomoda-se na mesa do pátio e começa a ler os jornais deixados debaixo da porta. Não deveria ter tirado os óculos para dançar com ela? O Peque, Igal, Graña. Volta a tocar o telefone longamente mas, como o rádio formou uma barreira protetora, não escuta. O presidente do Huracán, Buceo, um produtor de televisão e possível – num futuro não muito distante – presidente do Uruguai, diz que as figuras que contratou conseguiram armar uma grande equipe e que vão levar a Libertadores para casa. Essa frase produz-lhe um pequeno estremecimento. Não pensou que ia viver para ver o seu clube levantando a Libertadores. Mas se o Peque se liga e não sai da partida como contra o Rosario Central... Puta merda. São profissionais, querido. Agora no rádio toca o tango "Tres amigos", de que seu filho A gosta muito. De modo que se levanta e liga para a casa do seu filho A. Mal atende, fala da tatuagem. Cada vez perde menos tempo em formalidades, como os bebês, só pede o que deseja. O filho A diz que essa tatuagem é caríssima e que vai doer muito. E que, pela idade, pode trazer consequências. Pai, tenho que ir pro trabalho, te ligo mais tarde, diz o filho A. Desliga e liga para o seu amigo. Tem um amigo íntimo um pouco mais novo que ele e, à diferença dele, um solitário por convicção de toda a vida, não um solitário – como ele – por morte geral na família. Costumam brigar por assuntos inverossímeis. Na realidade, mostram-se agressivos mutuamente, mas continuam se ligando. O amigo diz que está cozinhando. Comenta-lhe da tatuagem. Meu querido, diz o amigo, para que uma tatuagem, vão perder e você vai querer se matar. Sem falar que esta é uma moda de babacas. Quando é que a gente ia andar com tatuagens. Isso é pros índios. Começam a discutir. Desliga abruptamente. Volta à mesa do pátio. Põe os óculos. Deveria tê-los tirado. Com o rádio nas alturas, e sua atenção posta agora numa entrevista com o Peque, o armador de seu time, não pode perceber que através das gretas do teto metálico do pátio começa a correr um vento quente que anuncia tormenta. Dói-lhe a perna direita, adormece a mão esquerda, em que usa uma pulseirinha de cobre; sente a barriga inchada. Sei o que o povo de Boedo sente e vamos fazer tudo e mais um pouco em campo, diz o Peque no jornal.

Segundo dia

A dor que fica depois que se recebe um balaço no colete à prova de balas. Uma dor no peito, que arde e não deixa respirar. Não doeu tanto quando o tatuavam, mas agora dói pra caralho. E tem esse papel colado sobre a tatuagem e depois a camiseta branca de dormir. E além de tudo faz um calor sufocante. Levantou faz um instante e caminhou até a cozinha, procurou nas gavetas a espiral e pôs sobre a mesinha de cabeceira. Tem mosquitos que o picam, mas não os sente quando o rodeiam. Quando era jovem, lembra, sentia o violino do mosquito ainda que estivesse profundamente adormecido. Sua mulher dizia: como você escutou? E também tinha bom olho. Baixava a calça, por exemplo, do filho A e encontrava na cueca a pulga que estava deixando picadas. Tá ali! Pegava e a esmagava com as unhas dos polegares. E hoje, antes que esmaguem a ele, espera pelo dia D, amanhã, quando entrarem em campo vai estar ali, nas cadeiras de vitalícios. Corsini, Robledo, Graña, Casak, o Peque... Os que não podem falhar.

Cedo, lembrou de Linda. Uma meio vedete que trabalhou com ele no teatro – ainda que tenha 20 anos a menos – e que depois teve certa fama quando a chamaram para fazer uma ponta num filme de ação. Meio vedete. Ou seja, não chegou a ser completa, mas o corpo era extraordinário. Ainda que não cantasse bem e caminhasse mal no palco. Mas soube engrupir velhos: meio vedete, casa completa, carro completo. Ainda hoje os homens olham para ela quando entra em algum lugar com seus casacos de pele no inverno e seus tops no verão. E o último velho, o arquiteto, ele apresentou. Um conhecido do conselho do clube. Seis meses em Miami. Linda ligava para ele direto e dizia: meu querido, o seu amigo é muito quente mas dorme logo em seguida! E ele dizia: trata bem do arquiteto, hein! Então ligou e falou da tatuagem. E Linda passou para buscá-lo com o seu carro zero quilômetro e o levou até o seu amigo Michel numa galeria. E disse: você merece, te dou de presente. Mas vai doer. Você é uma criança, disse enquanto o ajudava a tirar a roupa, para que Michel trabalhasse no peito. Então tocou o celular e Linda saiu da loja onde o tatuavam e foi passear do lado de fora da vitrine, falando com alguém que a fazia rir. Dói, mestre?, perguntava Michel, um ruivo musculoso com cara de ator pornô.

O mundo é a história contada por um idiota, feita de som e fúria, escreveu Shakespeare. Mas não, melhor *Chespirito*. Não Shakespeare, *Chespirito*. Sons, na casa, desde que todos morreram, não há. Só ele é um produtor de inquietude para as coisas que o rodeiam. Agora, sai do quarto carregando a dor no peito e vai até o banheiro, onde acende a luz e abre a torneira de água fria. Lava os sovacos e o rosto e põe desodorante e colônia. Depois volta ao seu quarto, abre o guarda-roupa e se veste para dançar. Os sapatos pretos, pontudos, que os filhos lhe presentearam para o baile, o esperam num lado do quarto. Coloca-os com uma calçadeira que foi de seu pai. Põe uma camisa branca e, ao abotoá-la, sente a pressão do pano sobre a tatuagem. Usa uma calça preta, de verão, e um terno da mesma cor. Quando finalmente abre a porta da rua, vê que o céu está encoberto. A ponto de largar a água sobre a cidade. Mas o guarda-chuva não, diz, nada de mais coisas na mão. E os óculos eu tiro assim que chegar, diz. Caminha rápido para a sua idade. Muito ligeiro, até a parada de ônibus. Masca um chiclete de menta que tinha ficado abandonado no bolso do casaco. Há relâmpagos enquanto espera na parada. De repente, rajadas pequenas de ar quente inclinam as cabeleiras das árvores da rua. Está só com as mãos nos bolsos e as pernas levemente tortas. Pensa na parapsicóloga. Ela vem, ela vem, repete enquanto masca o chiclete.

Terceiro dia

Quando era bem pequenininho, e como era pequenininho!, o pai sentou-o em cima de suas pernas e contou a história dos começos. Antes, muito antes que chegasse o homem a estas terras, no que hoje são os terrenos de Boedo, viviam uns seres côncavos, feitos de barro e vento puro e que soavam de modo musical quando falavam. Não precisavam comer e se reproduziam através do sopro. Viviam em comunidades que representavam notas musicais de diferentes tons. Mas de repente o clima mudou bruscamente, um ciclone poderoso arrasou a região e o vento excessivo, metabolizado pelos corpos dos mais duros, produziu uma mudança de caráter nestes seres, outrora guiados apenas pela harmonia e as piadas contadas entre si. Assim, nasceu a segunda casta de seres mais taciturnos e melancólicos. Muitos deles, inclusive, chegaram a dar-se morte por sua própria vontade. O certo é que, com o tempo, ambos os grupos se cruzaram e deram início a uma terceira casta, feita de ambas as tonalidades. Até que chegou a glaciação e foram apagados da face de Boedo. Quando era muito pequenininho, e como era pequenininho!, levaram-no para jogar no oratório da igreja de San Antonio, na rua Independencia, onde o padre Lorenzo Maza tinha fundado aquele que seria o clube de seus amores. E, quando ele tinha 20 anos, sua mãe morreu, uma mulher que conservava certo caráter taciturno, melancólico. Quando ele estava para casar, seu pai morreu, um homem estranho, esquivo e divertido, jogador compulsivo de pôquer. De modo que aos 30 anos tinha ficado sem família e, portanto, decidiu construir outra com o que tinha à mão. Então trouxe ao mundo os filhos A, B e C. De repente, era um homem maduro. Trabalhou como ator independente percorrendo teatros do interior. E assim chegou ao pico do meio-dia para depois só começar – como está escrito – a declinar. Sua mulher morreu, sua irmã, seu compadre –

com quem vivia quando eram uma família – e ele se dedicou a ver séries em preto e branco na televisão.

Liga para o filho A e diz: de noite, para dançar com uma senhorita de que gosto, tirei os óculos e dançamos toda a noite, tinha que ver, querido, que linda mulher, e muito preparada, é parapsicóloga e tem um consultório em Banfield. Mas, e para isso ligo, quando me sentei porque começou a me doer a perna, bom, quando me sentei me dei conta que tinha posto os óculos no bolso de trás da calça, não me dei conta, querido! Estraçalhei os óculos e hoje é o dia da partida, querido! E não vejo nada de longe e ainda por cima essa merda de jogo é de noite! Não sei quando vão entender que se vê melhor o futebol de dia. Bom, você me acompanha, não é, não, os óculos nós compramos depois, ninguém vai me fazer óculos num minuto! E a partida é hoje à noite! Quero que você venha pro estádio comigo, para me ajudar a ver como jogam, entende? Sem óculos eu vejo muito pouco, mas se você vai me dizendo quem tá com ela, quem passa pra quem, como numa rádio, entende querido? E não posso escutar pelo rádio porque os fones machucam os meus ouvidos! Se não, não te incomodo, querido!

Quando vira a esquina, o vê esperando na porta. Usa o abrigo com as cores do clube. Para o carro lentamente e o do abrigo – de tonalidades azuis e grenás que relampejam na última luz da tarde – vem até ele. Estica-se e abre a porta do carro. Movendo-se com dificuldade – como se um macaco imenso tentasse entrar numa caixa de maçãs

– se acomoda no assento. Cheira a colônia que o acompanhou durante toda a vida. E leva debaixo do braço os jornais do dia. Quando estão para arrancar, ele pede que espere, que precisa esperar a chegada de Linda, sua amiga, que também vai ao estádio. É a namorada do arquiteto, diz. Esperam um bom tempo. Anoitece e acendem-se as luzes da rua. Mostra as fotos de um ator que é entrevistado pelo suplemento de espetáculos do jornal. Este era um filho da puta, diz. Então umas luzes longas, atrás do carro, anunciam a chegada de Linda em seu carro último modelo. Ele grita-lhe algo por fora da janela. Ela responde também aos gritos. Tem uma voz grossa, de mandona. Vamos, vamos, querido, ela nos segue. Vai. Assim, um atrás do outro, atravessam a avenida Boedo e dobram pela Chiclana e pegam a Cruz. Ao passar, se nota a agitação na rua. As pessoas vão caminhando, em carros ou em caminhões, todos com bandeiras, cantando, gritando. Estimulam-se mutuamente. Na churrascaria de uma esquina há um alvoroço especial. É a torcida, ou parte dela, que come depressa uns sandubas antes de caminhar até o estádio. Agora, à direita se eleva, a uns 100 metros, a massa negra do estádio com as luzes poderosas que grudam no céu encoberto. A última etapa é feita quase a passo de homem até chegar ao estacionamento. Saem dos carros e cumprimentam a Linda, que está vestida como se fosse debutar na nova temporada da revista fazendo sadomasoquismo. Roupa preta justa, brilhante, e a camisa do clube por baixo. Atravessam a cidade esportiva até a entrada das cadeiras. Cada vez mais gente, cada vez o volume mais alto. Escuta-se música também dos alto-falantes do estádio. Entram nas cadeiras depois de subir escadas atoladas de gente, que se cruzam sem ordem, apressados para conseguir um lugar. Seus assentos estão no meio das cadeiras, o que faz com que tenham de passar se esquivando diante das pessoas já sentadas. O arquiteto irrompe de um dos lados e se aproxima do grupo. Cumprimenta a todos e se senta, depois, na fila da frente. É um homem imenso, vermelho. Tem mãos grossas. O filho A varre o campo com o olhar: está quase cheio e numa das arquibancadas estão abrindo uma bandeira imensa que os cobre quase por completo. O pai põe, mecanicamente, a mão sobre o seu braço enquanto fala e cumprimenta todo mundo. Como um zagueiro que, no cruzamento de escanteio, não quer que o atacante fique sozinho. De repente lhe diz: olha, o Mono Irusta. E o filho A vê um homem alto, grisalho, que fala com uma cinquentona. E lembra das figurinhas chapinhas. Onde se via o rosto do Macaco Irusta, jovem, com um moletom celeste. Por um momento sente o roçar metálico dessas figurinhas que cortavam todos os seus dedos quando jogava por pontos ou no espelhinho. O Macaco Irusta, pensa. Um macaco, num tempo infinito, juntando palavras ao acaso, tem que chegar a escrever o Quixote, pensa ou lembra que alguém lhe disse. Não sabe bem. O Macaco Irusta, num tempo infinito. Tudo pode acontecer. Então o estádio explode porque os times entram em campo. Explodem petardos e voam foguetes pelo ar e o povo grita de maneira desaforada. Seu pai, ao seu lado, dá pulos curtinhos, enquanto segura-lhe o braço. Filho, filho!, diz. Sim, pai, responde o filho A. Você tem que olhar bem e me contar tudo, hein!, diz enquanto dá pequenos pulos. Que foi, que foi?, pergunta. Estão tirando a foto no meio do campo. E agora? Estão sorteando com os árbitros quem começa. Tomara que o Peque esteja bem, que não saia da partida, diz o pai. Filho, filho, diz o pai. Sim, pai, diz o filho. Quero um caminhão de bombeiros de verdade, com luzes e com sirene, com pilhas. Sim, pai, com luzes e com sirenes. Bem grande, filho, pra gente passear pelo bairro, enquanto as pessoas saem pelas ruas a nos animar. Pai e filho, filho e pai, o mundo está dividido assim e não se pode escapar, não é? Sim, pai. Um caminhão de bombeiros de verdade. E agora o que está acontecendo, filho? Nosso time acaba de atacar e o Peque escapava sozinho e o derrubaram, diz o filho. E, após escutar tais palavras, o pai se excita ainda mais: Quero um caminhão de bombeiros de verdade! Filho, você promete que vai me comprar um caminhão de bombeiros de verdade! Sim, sim, papai, o que você quiser. Um caminhão de bombeiros de verdade. Caminhão de bombeiros de verdade. Um caminhão de bombeiros de verdade.

APÊNDICES A
O BOSQUE MANEIRO

I
M. D. divaga sobre um transtorno

"Um dos assuntos que me parece apaixonante é o aparecimento de estruturas fractais nos sistemas humanos. Assim, por exemplo, a celebrada lei de Zipf sobre a frequência de aparecimento das palavras (conhecida agora como lei de Zipf-Mandelbrot) pôde ser generalizada por Mandelbrot a partir de um raciocínio de estruturas hierárquicas de árvores. Parecia um exemplo isolado, mas, consultando o *Journal of Quantitative Linguistics*, topei com um link interessante: ais.gmd.de/leopold/hrebinet.ps."

Assunto: fractais em línguas humanas.
Quinta-feira. 31 de julho. De 2003. 6:31 p.m.

... A sensação é que, de vez em quando, se abre uma luz na escuridão... e a gente se ilude e fica de pé no meio desse calor... mas a única coisa que entra por essa luz é uma pá de pizzaiolo com uma de muçarela sobre sua língua de madeira, lança, retira e volta a fechar a portinha e outra vez a escuridão e o calor mortal... e depois compreendo, estou no forno da Banchero! Para sempre!

... Por que me pergunta sempre a mesma coisa? Escuta doc, fiz uma cagada gigante mas eu assumo tudo... não como esses metidos que davam uma de malandros e depois acabavam chorando de joelhos quando se armava a confusão... Já disse pro senhor! Sim, sim, é isso. Na porta da minha casa... onde a minha mãe tinha conseguido trabalho de porteira... e depois disso a tiraram a pauladas... Foi um erro! Mas, como diria o meu amigo Andrés, também foi um golaço! Tinha de ver doc como pegou fogo a porra da moto... Já tinha tomado três tombos e nesse dia me levantei ansioso... Os dias nublados, pesados, me tiram da casinha!... Agora mesmo estou fora da casinha... Toda uma série de casinhas vermelhas onde imagino que todos os meus amigos moram... O japonês Uzu, os Dulces... o Andrés... O *tano*... Todos esses viados... Sim, vieram na semana passada, mas não quis ver eles... Me fiz de besta!... Sabe com o que eu andei encucando? Uma coisa que o japonês falava sobre os samurais. São aqueles que se jogam de avião e se tornam picadinho, sabe? Bom... Eu sou escutador... Na realidade quem falava era o Japão e o Andrés... No quarto do Andrés e eu estava jogado no chão, olhando a ponta dos tênis... Bem dentudos... E escutava porque os macacos esses falam de coisas maneiras... Ah! não eram samurais? Bom, isso... e ele contava que os caras diziam: acordo e já estou morto. Tudo o que me aconteça no dia vem de cima. Genial, hein doc!, meus amigos falam bem pra caramba!...

... Vivi com a minha mãe de hotel em hotel... eu posso sentir o cheiro de um hotel a 10 quarteirões!... Sim, a família do Andrés foi um pouco minha família... passava muito tempo ali... nessa casa... Escuta, espera, espera! Digo-lhe: teve um ano que nos sentamos quase todas as noites, todo mundo, o Andrés, sua mãe, seu irmão, minha

mãe, eu, pra ver o Primo Rico e o Primo Pobre... Maneiro!, posso ver agora: todos no quarto de dormir onde ficava o televisor gigante! Espera, espera! Me deixava louco um cara musculoso, que tinha um olho tapado, como um pirata... ou não tinha o olho tapado?... Se chamava Falconetti e era um tremendo filho da puta... cada vez que aparecia arruinava tudo dos irmãos, o primo rico e o primo pobre... que não sabiam que eram irmãos... isso me fazia chorar... outra noite lembrando essa série comecei a chorar... É isso doc! Nesse dia, quando levantei, sentia essa sensação... Como se o Falconetti fosse aparecer e me cagar de pau... Falconetti puto, fodido, vai dar o rabo pro pizzaiolo da Banchero!
... Isso nunca me passou pela cabeça... mas o Andrés com certeza era o rico... Porque é mais fraco... Pensa... Não sei... Não, chorar não, eu choro tudo o que quero... Sim, doc... me levantei e andei toda a merda do dia meio encurralado, com o Falconetti me falando no ouvido... E vamos, vamos... Botando pilha pra que eu fizesse merda... E busquei o combustível e borrifei a moto na calçada... Duas da tarde... Mais ou menos... E pegou fogo no ato! E me sentei pra olhar essa obra prima! E me deu na telha dançar ao redor como os índios do Tarzan! Depois veio a cana e a minha velha desmaiou porque os vizinhos queriam expulsar ela do edifício. Sou Falconetti, sou Falconetti!...
... Outra cagada daquelas... andamos metendo cervas no casaco e de repente o Dulce maior me diz que o pai quer que a gente assalte o açougue... Hein, doc!, tá liga-

do?... O velho do Dulce, que comia a mãe da gorda Fantasia, era empregado de um açougue na Quito com Boedo... e ele diz ao filho para ir, tipo, nove da noite, quando está fechando e fazendo o caixa com o ajudante e que a gente assalte ele... Que ele ia deixar!... E depois meio a meio... E já fiquei ansioso e enchi a cabeça de bola e passei o comando da parada pro Falconetti!... O Dulce me deu uma máscara de plástico do Mickey e do Pateta e encaramos o velho com um revólver que não servia nem para dar coronhadas... O problema era se o ajudante se agitasse! A gente tinha de fazer tudo na encolha...

... Sim, no outro dia nos pegaram e devolvemos o dinheiro... demitiram o velho do Dulce e disseram que não o denunciavam porque tinham pena, mas cagaram ele a pau... Não sei no que a gente falhou, em tudo!... Como na vez que a gente entrou pra assaltar a farmácia da rua Maza e fiquei cagando no banheiro, lendo uma revista com a lanterna e veio a cana e outra vez na lona!... Seis a zero, sempre seis a zero... Ou dois a um... Mas às vezes...

... Não me cai bem, doc... Vem cá, senta aí, como está o senhor e me faz perguntas estúpidas... Sim, acredito em Deus... Se gosto de cinema... Se gosto da minha velha... O que eu acho é que é gostosa... Contei do pornô do Homem do Pau Luminoso?... Contei pra ela e só o que fazia era me perguntar se eu tinha sonhado... Ou inventado... Como vai me passar pela cabeça uma coisa assim! O Homem do Pau Luminoso!... Era o pornô preferido de todos os moleques de Boedo... O *tano* Fuzzaro tinha ele em casa... era do velho... A coisa é assim... O argumento, digo... Escuta, Doc: o cara, por um problema... Viu?... Pela composição do seu corpo... Mmmmm... tinha o pau feito com o mesmo material que os vaga-lumes têm na barriga... Vai?... E quando ficava duro se transformava num feixe de luz poderoso... Um caralhão pra iluminar o Dock Sul e todo Boedo! E na melhor cena do filme se espetava na loiraça e, com o quarto na penumbra, fazia sair por todos os demais buracos da menina feixes de luz, não era de se acreditar! O quarto onde transavam iluminado por seis raios, que saíam da menina espetada pelo Pau Luminoso!... Essa cena nos deixava loucos...

... Já termino... Já termino... Daí aprendi que o cu se chama sete porque é o buraco número sete... Maneiro!

... Gosto de passar os dedos pela virilha e cheirar... Gosto de meter os dedos entre os dedinhos do pé e cheirar... Gosto do cheiro de solvente das tinturarias... Gosto quando o Falconetti chega e fode tudo... Escuta... Sabe no que estive pensando? É uma bobagem... mas o senhor pergunta e eu respondo, não é?... Antes de vir pra cá... duas noites antes... tava todo mundo em Boedo... na esquina da Estados Unidos com a Maza... e o *tano* Fuzzaro contou uma piada... Que não entendi... Por mais que eu dê voltas e voltas... Não entendo... Mas, quando ele contou, todos riram... Se mataram de rir... E eu também... Me fiz de esperto porque senão iam achar que sou um retardado... E aqui me pedem que pense e repense... todo o tempo... é assim a piada... um moleque bem roqueiro vai almoçar

na casa da sua namorada pela primeira vez... e para impressionar monta em sua Arley Deivison... Uma motona, conhece? Mas antes o mecânico diz que, como estava muito cuidada, brilhosa... tivesse cuidado com a chuva e lhe dá um frasco de vaselina para passar, se deixar estacionada na rua e começar a chover, tá ligado, doc? Quando chega na casa dos velhos da namorada, toda a família mais convidados estão esperando com uma janta imponente... O moleque já desceu da Arley... Já deixou ela pastando na rua... E então o coroa da menina diz: tenho que contar uma coisa pra você... A gente tem um costume familiar... Quando se come o último bocado, o primeiro que fala lava os pratos... Entende?... O moleque diz que sim e começa a comilança, do que você tá rindo, Doc?... Bom, comem sem parar e sujam milhares de pratos e panelas e, quando a comida acaba, ficam todos mudos... Olhando-se para ver quem é o primeiro que fala... uma situação insuportável... Incômoda... e no meio desse silêncio se escutam os trovões na rua e o moleque se lembra da moto lá fora... Indefesa diante da chuva que vem... então tira o frasco de vaselina... e de repente o pai se levanta como uma mola! E diz: para, para, filho da puta, lavo eu... entende doc?...
    Entende ou não?
    ... O que o senhor diria?... Não sei... Eu não sou bom de papo, embora às vezes eu dê uma de metido... Uma vez o japonês Uzu me contou uma história inacreditável... Me lembro como se fosse hoje... A gente estava na entrada da casa do Andrés, era de noite... Os Dulce, eu, o Andrés,

o *tano*... e o Japão começa... Éééé... Conta a história de um samurai muito fera, que se chamava Bokuden... Eu imagino esse Bokuden como esses japoneses dos filmes de guerra que passavam nos sábados de Super Ação... Lembra doc?... Bom, Bokuden, dizia o Uzu, tava num barco muito pequeno, atravessando um imenso lago, com várias pessoas... Vendedores... E, entre eles, outro samurai... Que não parava de olhar pro Bokuden, que estava num canto... Com a mente em branco... Sentado com os braços cruzados... Esse samurai era um puta fanfarrão, dizia o Uzu... E sabe que os fanfarrões não suportam que não se dê bola pra eles? Então ele se levantou e disse ao Bokuden: posso ver pela sua espada que você é um samurai e desafio você para uma luta de espadas!... Bokuden nem pestanejou... O samurai fanfarrão ficou em chamas: matar-te-ei, maldito covarde, se não me respondes, disse... O Japonês contava assim, como os portugas... Então Bokuden disse que praticava a arte da não espada... Tá ligado, doc? A arte da não espada, disse o Uzu que disse o Bokuden... O outro se alterou mais, eu não sei o que é isso, mas eu desafio você pro duelo mesmo assim! Então Bokuden se levantou e disse que ia brigar com ele, mas que não ia usar a sua espada já que praticava a arte da não espada. E também disse que era melhor esperarem que chegassem a terra para lutar. O samurai fanfarrão saía do sério porque se dava conta de que Bokuden estava enrolando... O pessoal que estava no barco estava quieto... Finalmente Bokuden pediu ao remador para se aproximar da terra para poderem lutar...

Quando o bote estava a um passo da areia, o samurai fanfarrão saltou do barco ao mesmo tempo que desembainhava e gritou pro Bokuden: otário, seus dias estão contados! Bokuden nem se mexeu, ainda em cima do barco desembainhou sua espada e entregou pro barqueiro e pediu a ele o remo. Cravou-o na areia e empurrou pra trás... Dando direção ao barco de maneira violentíssima. De novo ao coração do lago... o samurai fanfarrão ficou paralisado vendo Bokuden e o barco se afastarem... Enquanto o fanfarrão se tornava cada vez menor na areia e, quando sua silhueta quase cabia numa figurinha, Bokuden gritou: essa é a arte da não espada!

... Às vezes, quando imagino que estou sozinho... nas mãos do Falconetti... quando me dou conta que o universo é um lugar de merda e que o campo se inclina porque me melaram fundo... penso em Bokuden... na forma que o Uzu contava... a gente estava na entrada da casa... era de noite e fora garoava... Quem é que se mantém completamente sozinho, sem companhia, no meio dos 100 mil objetos?, gritava o Uzu pra nos incitar. Nóóóóóós!, a gente respondia em coro, ainda que a gente não entendesse de que porra ele falava... Nóóóóóós! Fico todo arrepiado, sente, doc, sente!

II

O dia em que o viram na tevê

Para meu irmãozinho Gaby

Um/

Eu estava na varanda do apartamento. Vivo com a minha mulher numa quitinete da avenida La Plata, quase esquina San Juan. Daí vejo a igreja onde minha velha se casou, San José de Calasanz, e onde depois eu me casei. Lembro bem porque minha mulher tinha se jogado no sofá – que depois se torna cama – e estava vendo o noticiário. Eu ainda estava com a roupa do banco, com a camisa azul e a gravata escura, e transpirava nas costas pelo calor e por isso estava na varanda, para tomar um pouco de ar. Não é usual que eu estivesse com a roupa do trabalho, porque mal entro em casa e me desnudo e ando de cueca sem problemas. Gosto do meu corpo. Zero barriga. E isso que não faço nada de nada. De criança eu era gordo e no serviço militar, com 18 anos, me secaram na marra. E desde então deixaram de me chamar de gordo Noriega, como me diziam os babacas de Boedo. Bom, eu dizia, minha mulher, que é uma santa, me chama e diz para vir olhar o noticiário. Com voz urgente, como se tivesse visto o demônio. O televisor é grande, em cores. Comprei do turco da galeria da Boedo com San Juan. Uma pechincha. Foi um dos primeiros televisores em cores trazidos da Finlândia, me disse o Turco. E tenho a garantia. Se quebra, vem o Turco – que é de ferro – e o deixa um mumu. Do lado da loja do Turco tem uma veterinária. Lembro que no dia em que fui deixar o sinal, fiquei hipnotizado olhando uma tarântula preta que se mexia dentro de um aquário, na vitrine. Então, dizia, me sento do lado da minha mulher, que está pelada, lixando as unhas, e vejo. E não posso acreditar. Diziam que estava morto, que, quando foi malhar a bandeira do San Lorenzo da torcida do Ferro com o Chamorro, tinham furado ele feio. Diziam que tinha ido para o Brasil para comer cogumelos e tinha ficado louco. Outros o tinham visto como Hare Krishna, em Cuzco. E houve até quem dissesse que estava preso em Caseros, por assalto à mão armada. Mas era ele. Magro, chupado, com um uniforme azul que nunca teria usado. E a jornalista – uma loura babaca – lhe diz: você se arrepende de ter tomado drogas? E o Máximo diz, com uma voz fininha desconhecida para mim, sim, sim, me arrependo. E embaixo da tela, em letras grandes, põem o nome de uma instituição para cura de viciados. E reforçam: uma história verídica, investigação especial. Minha mulher me olha até a alma. Sim, digo, é ele (ela não o conheceu, mas ouviu a cantilena sobre Máximo Disfrute em cada churrasco, casamento ou aniversário que festejamos com os moleques do bairro). E então pulo como uma mola e pego o telefone enquanto o Máximo conta à loura babaca como pôs fogo na sua moto, na porta de casa, porque, lhe diz, estava entediado da vida. Oi, Andrés?, digo. Sim, me responde. Tem uma tevê por perto? Pra quê, gordo?, me diz e isso que não sou gordo, mas o filho da puta continua me chamando de gordo. Liga a tevê, babaca, e procura o noticiário, grito. O que foi, gordo? Acontece que o Máximo está na tevê. O Máximo? Sim, ele mesmo, o Máximo Disfrute. Vai pra puta que o pariu, gordo! Com certeza está fumando um baseado. Desde que voltou dessa viagem, só o que faz é coçar o saco e fumar baseado no quarto que tem na casa dos velhos. Andrés, estão entrevistando o Máximo, que é um viciado recuperado, o estou vendo aqui, babaca! Vamos! Espera, gordo, espera. Do outro lado ouvem-se ruídos, como se movessem móveis. A loura babaca acaricia a cabeça do Máximo. Gordo... Gordo... balbucia o Andrés, e eu penso: atingido e afundado. Agora o otário acredita. Depois ligo, me diz e desliga. A babaca diz que vão fazer um intervalo e que no próximo bloco o Máximo (não diz o Máximo, diz o Alfredito) vai nos contar o seu passeio pelo inferno. Comerciais. Afinal não estava morto, diz a minha mulher. Parece que não, digo. Não imaginava ele assim, ela diz. Está muito mudado, digo. Mas como você se deu conta que era ele, se você não o conhecia. Não se deu conta que aparecia o nome e o codinome escrito embaixo!, me diz. Está acabado, digo. Minha mulher se ergue. É um pouco cheinha mas tem boas formas. Noutra época teria sentido coceira no pau ao vê-la pelada assim. Mas agora estou devagar. Atravessa o quarto se esquivando da mesa de vidro e entra na cozinha. Daí me fala: ligo o ventilador? Como não respondo nada, o traz – é de plástico, vagabundo e branco – e põe sobre a mesa. O ruído do ventilador, o vento quente, asmático, sobre o meu corpo. O quarto iluminado só pelo televisor, esperando que os comerciais acabem e apareça o Máximo outra vez. Nunca deixei de ver as amigas desde que íamos à escola, diz a minha mulher, enquanto acende um cigarro e se deixa cair na poltrona. Não tenho nada para dizer. Mas vocês, desde que a gente se conhece, cada vez se veem menos, arremata. Tem razão. A gente foi se dispersando de uma maneira silenciosa. Gostaria de poder lembrar qual foi o momento em que estivemos todos juntos pela última vez. Não consigo. Mas vejo a tarântula contra o vidro, se mexendo lentamente, quase consciente de que inspira terror.

Dois/

Me apresento rápido. Me chamo Nancy Costas. E em todo o bairro onde reinei durante a minha adolescência me chamavam de Panetone. Pela figura que a minha cintura encaixada na bunda formava. Tinha o rabo mais bonito de todo Boedo. Digo eu, dizem todos. E depois, quando virei punk (e fui uma das primeiras), os meninos me puseram Punktone. Vivamos rápido e sem pensar, era nosso lema. Mas depois me tranquilizei. O líquido efervescente deixou de repicar na minha cabeça. Agora tenho uma filha e um ex-marido. E o meu próprio salão de beleza na galeria da Boedo com a San Juan. No andar de baixo, junto do cavalinho de pau que foi o rodeio de todos os meus amiguinhos desde os anos 70 e do ladinho da veterinária do Angel. Se você entra pela San Juan, vai me encontrar em seguida. Se entra pela Boedo, você tem de descer as escadas e dobrar. Aí estou, quase sempre com meu avental branco, impecável. E com a minha amiga Cecilia Fantasia (codinome gorda Fantasia), mulher de Chumpitaz, que se encarrega de fazer as mãos e o resto. Comecei a escrever neste caderninho Gloria a glória de meus dias. Porque assim me aconselhou a minha irmã Cholele, que sempre me disse que eu sabia contar as coisas como ninguém e que aproveitasse o Dom. Porque se não fico doente. Que o que se tem e não se usa se transforma em doença. Ela é psicóloga e sabe. Sou toda estilo e do melhor. Quando a menina dorme, depois de jantar e antes de lavar os pratos, acendo um Colorado e mãos à obra. As mulheres cochicham bonito no salão e não precisa mais que afinar o ouvido para transcrever essas histórias. E, quando não me ocorrem coisas, transcrevo os meus dias. Que para isso vivemos, para deixar claro o que passou batido. E que depois a menina, quando tiver idade, saiba que a sua mãe foi a rainha do bairro e a primeira punk do país, quase. Do mesmo jeito que a minha tia Susana contou que foi vestida para matar, nos carnavais do San Lorenzo, para escutar o Santana. Desse jeito rola o Conhecimento. Ontem, quando vi na tevê, me bateu um raio na cabeça. De repente não mais que de repente todos na calçada da paróquia de San Antonio, antes de entrar num baile (desses que os padres faziam com a luz acesa e que começavam quando o Disc Jockey botava "Another brick in the wall", do Floyd), no inverno, com as jaquetas sintéticas e a roupa Little Stone que se comprava na Galeria do Este. E ele usava um macacão de jeans e uma camisa toda floreada, superpsicodélica. Mas no televisor, branco e preto, estava com olheiras, com uniforme escuro e mal balbuciava o que uma moça perguntava. Então disse pra gorda Fantasia que parasse de varrer (a gente tinha justo terminado um permanente e não tinha mais ninguém) e que olhasse o que eu estava vendo, que me beliscasse se era verdade. E soltou um grito e levou a mão à boca e depois foi até o telefone público que fica do lado da piscina artificial do corredor e ligou pro Chumpitaz no ponto de táxis, pra que ligue a tevê. Filha, quando eu era pequena, os bairros se dividiam em bandos. Tinha a gangue de Flores, a da pracinha Martín Fierro (que era feroz e temida), a de San Telmo (que infectava os bailes), a do parque Rivadavia e muitas mais. Eu era da de Boedo. Já que em Boedo nasceu o seu avô e também eu e o seu tio Ariel. E ainda que o seu avô tenha sido diretor e tenha jogado no Huracán, todo mundo era San Lorenzo roxo. E a minha gangue, que era a união dos meninos que iam às escolas Del Carril, San Francisco, Gurruchaga e San Antonio, tinha só um chefe indiscutível, filha: Máximo Disfrute. Aquele que apareceu na tevê, que estou te contando. Quando vejo esses bandos de pássaros fazer o V no céu, penso como sabem onde cada um tem de estar, não é? Quem diz ao outro, ei, você fica aí e você lá. Mas da terra parecem majestosos. E assim a gente era. Até que este país de porcaria nos cagou de porrada. Por exemplo, a tragédia dos Dulces. O Dulce maior caçado pela polícia, o Dulce menor assassinado no beco San Ignacio depois que tentou roubar um carro. Ou o gordo Noriega, que voltou das ilhas sem nenhum parafuso na cabeça. E tudo isso sem contar a morte natural, como o *tano* Fuzzaro dando a porrada final na Costanera, com a moto. E por tudo isso me pegou vê-lo na tevê, porque a gente pensava que estava morto, ou antes a gente queria que estivesse morto e não assim, gaguejando que a droga o matou, que a sua vida era um inferno, respondendo perguntas a uma profunda babaca. Cholele diz que deve ter passado por uma seita dessas que lavam a cabeça e que desapareceu tanto tempo por isso. A gorda Fantasia começou a mandar que uma noite o Chumpitaz chegou excitado com a ideia na cabeça de que tinha visto o Máximo sentado num trem que ia pra Claypole. E, quando começou a gritar pra ele da gare, o Máximo virou a cabeça, olhou pra ele e sorriu. Depois fecharam as portas e o trem arrancou com o mistério em direção à noite do sul. E que ela não acreditou, que brigou com ele dizendo que o Máximo estava morto depois da confusão das bandeiras roubadas. Eu me lembro de um dia em que estava todo mundo esperando que começasse o baile no Hogar Asturiano e de repente começou a soar o helicóptero que antecipa o tema do Floyd e que todo mundo gritou e saltou para a pista e que o Máximo me pegou na mão e a sua estava úmida mas eu gostei. E do meu lado estavam o Andrés e a Patricia Alejandra Fraga (minha terrível rival no pódio do bairro) e os Dulce e o Uzu e o gordo, todos! E que nessa mesma noite os meninos foram na casa do Uzu e roubaram a chave do carro do velho do Japão e esmagaram ele contra um caminhão de sidra La Victoria que estava estacionado na porta da fábrica, na Estados Unidos. A gente ainda ouvia Bonnie Tyler e essa que cantava "The rivers of Babylon" com as meninas. E que depois, quando Armando trouxe o punk (Armando, que antes tinha sido mauricinho e depois stone e que foi quem trouxe de fora o disco *Queen Live Killer*), eu virei a casaca e o Máximo um dia me deu bronca na rua, na sua moto. Disso me lembro superbem, amor. O Máximo e o Andrés e o Uzu eram roqueiros e passavam o tempo todo escutando Zeppelin e Spinetta. Uma noite, estávamos todos sentados na entrada da casa do gordo Noriega e o Andrés baixou com um disco do Spinetta e a caixa não era quadrada, era demencial, e os meninos começaram a passá-la e Andrés cantarolava as canções com umas letras estranhíssimas. Para mim era besta. Então atravessei a calçada e comecei a estudar inglês no Cultural da avenida San Juan. Queria saber o que falavam as letras das canções dos Sex Pistols e do Clash. E, quando entendi, me dei conta que tinha acertado. Falavam do que eu pensava nesse momento sobre as coisas. Mas bom, agora não vejo tudo tão negro. Por isso quero que você leia isso que vou dizer com muito cuidado: Sua mãe diz que todas as pessoas teriam de botar no papel os seus pensamentos. E que esses pensamentos devem sair das coisas que lhe aconteceram na vida. Sua mãe diz que cada pessoa teria de construir, no final da sua vida, o seu próprio pensamento e viver nele. Que isso é mais necessário que casa e comida. Dou um exemplo: se eu não tivesse exercitado esse vício de escrever e puxar pensamento, teria ficado com a mente em branco quando vi o Máximo na tevê. Como ficaram muitos. Mas não, eu disse pra gorda Fantasia que se tranquilizasse – ou seja, tomei as rédeas da situação – e que não se pode viver com o passado nas costas. Que o Máximo já tinha feito o que tinha de fazer quando foi necessário. E que sobre o que não se pode falar, melhor ficar de bico calado. Beleza?

POSFÁCIO
por Carlito Azevedo

Mais sábio foi John Lennon, que, na apresentação que escreveu para o livro *Grapefruit*, reunião de poemas, desenhos, teatro-relâmpago e receitas de performances de Yoko Ono, limitou-se a apenas uma frase: "Apresento a vocês Yoko Ono."

Mais irônico foi T. S. Eliot, que escreveu que os únicos livros que valiam uma apresentação eram aqueles que melhor dispensariam qualquer apresentação.

Entre a utopia imaginada sem religiões, céu, inferno ou países, que acabou com quatro tiros, em frente ao Hotel Dakota, em Nova York, e a Terra Devastada, que acabou nobelizada, anglicanizada, canonizada, os que nasceram depois de 1960 tiveram que se virar como desse.

Fabián Casas nasceu na Argentina, em 1965. E se virou como deu. Entre as muitas histórias (mais ou menos verificáveis) a seu respeito, que já circulavam no Brasil antes mesmo da edição muito bem-vinda desse *Os Lemmings e outros,* todas ainda sujeitas a confirmação, ou a ainda mais fabulação, havia o relato de que aos 19 anos, com uma mochila nas costas, e fascinado, como tantos naquele distante 1985, por um ser mitológico chamado Rock in Rio, metade rebeldia metaleira, metade empresários gananciosos, veio para o Rio de Janeiro, e sob aquela chuva, sobre aquela lama, dançou, bebeu, amou uma garota linda, e acordou um belo dia diante de um palco vazio, sem mochila, sem dinheiro, sem garota (que havia levado tudo), e com a certeza de que nenhum outro escritor na América Latina inteira era tão feliz quanto ele.

É sempre bom saber com quem a gente está lidando. Que nenhum desavisado ignore o fato de que o autor deste belo livro de contos já afirmou acreditar "num futuro onde os únicos vestígios do amor serão os vídeos pornográficos". Além do que editou, nos anos 90, em Buenos Aires, uma revista de poesia chamada *18 uísques*, que, reza a lenda, foi a conta que levou Dylan Thomas dessa para uma melhor: *"Do not go gentle into that good night"* – ninguém quer entrar resignado na noite acolhedora, certo?

O mais engraçado é que nos contos de *Os Lemmings e outros*, um grupo de poetas argentinos funda uma revista de poesia chamada *18 abutres* [*Dieciocho Buitres*], e depois de uma imersão total na obra e nas ideias do japonês Yukio Mishima, resolve radicalizar sua atividade literária, num terrorismo e autoterrorismo exemplar.

Sim, *Os Lemmings e outros* podem muito bem ser definidos pela expressão ainda imbatível de Goethe em suas *Conversações com Eckermann*: "Tudo o que eu escrevi eu vivi, mas não como eu escrevi." Que a vida está mesmo aí para ser vivida, e escrita, e reinventada ao ser escrita, e redescoberta ao ser escrita. Numa espécie de segunda chance, operação que proustianamente podemos chamar de como transformar tempo perdido em tempo redescoberto. Encantos da alquimia verbal. O que não impede um narrador expert de utilizar o jogo a seu favor, de modo bem irônico:

Desde que comecei a publicar, as pessoas me perguntam: "Isto é autobiográfico, não é?" Ou: "O personagem é você, não é?" De modo que vou começar dizendo que tudo o que se vai narrar aqui é absolutamente verídico. Aconteceu realmente como vou contar. ("Casa com dez pinheiros")

Narrar aqui é lembrar. E lembrar é apenas fornecer a nossa versão dos acontecimentos.

Aliás, a memória, e seu jogo de velar e desvelar, seu *peek-a-boo*, é elemento fundamental na escrita de Fabián Casas. Em um dos contos do livro, fala-se em uma "caneta destacadora" que, ao realçar com extrema nitidez fatos por vezes banais, impede que desapareçam de nossa mente, mas também se fala ali em um liquid paper que faz desaparecer do texto de nossa vida amores, amigos, passagens importantes, seja por um nada, um pequeno momento da maior importância, ou pelo pesadelo chamado História ("Malvinas, Aids"), de que gostariam de acordar tanto James Joyce quanto o narrador do conto "O bosque maneiro". Tudo apontando para a intrínseca ligação, no autor, do ato de escrever com o ato de esquecer, lembrar, narrar.

Porque Fabián Casas é, acima de tudo, um narrador, um contador ou locutor de histórias, daqueles que começam a contar um pequeno causo e logo, ao seu redor, todos estão hipnotizados, como o caburé, do conto que dá título ao livro: "Um pássaro do norte do país que tem a particularidade de hipnotizar com seu canto os demais pássaros que o rodeiam."

Não poucas vezes, ao longo do livro, o leitor irá se deparar com expressões como: "Se de fato querem escutar outra história de amor com final mortal", truque e sedução de bons prosadores, contadores de histórias, menestréis, poetas de cordel e outros mentirosos de classe.

E também Casas, como bom contador, em seus contos, aumenta vários pontos. Uísques não são abutres, só na lógica do ficcional. Aquela em que uma canção de Spinetta, um conceito de Wittgenstein, as aventuras ilegais de um porteiro chamado Asterix e uma gata no cio contêm, igualmente, potencialidades narrativas, e convivem desierarquizados.

Uma figura muito presente nas histórias de Casas é o "bando". O bando em pequena escala do grupo escolar, de "Os Lemmings". O bando mais para delinquente juvenil de "O bosque maneiro". Mas também o "bando" de padrastos ou quase padrastos de "Quatro fantásticos". E o movimento de reunião e dispersão do bando é o movimento narrativo privilegiado do autor. A história, para o autor, começa a ficar interessante, começa a ser digna de uma narrativa, quando as pessoas se agrupam, e chega a seu final quando elas se dispersam.

No conto "A mortificação ordinária" basta a presença de um adolescente na vida de um personagem solitário para que surja alguma história que valha a pena ser contada. Afeto é o que nos afeta, para o bem e para o mal, como o grupo. Não por nada, em uma das epígrafes do livro, surgem os porcos-espinhos de Schopenhauer, que vão descobrindo seu lugar ideal entre a proximidade, que aquece mas fere, e a distância, que alivia das pontadas mas mata de frio.

Num livro que se abre sob o signo da ditadura militar argentina e da disco music, a juventude, que se sentia "no lugar errado, no momento errado", tentava descobrir um modo de ser e estar no mundo. Entre a ponta farpada e o abraço partido.

A exceção a essa regra do bando que se junta e dá origem a uma história fica por conta de "A casa com dez pinheiros", onde o processo também se dá, só que pelo avesso. E justamente para se realizar uma operação extremamente irônica em relação a um tipo oficial de literatura. Aqui, a história começa quando o narrador abandona (em pensamento) o grupo dentro de um bar com gente jovem dançando e muita música, para a pior forma de solidão: a companhia do "Grande Escritor", a quem deve ciceronear por uma cidade que o mesmo já conhece de cor. Bajulação, inveja, esnobismo ("Se você vai ser escritor tem que ler Borges... Sobretudo o Borges de *O Aleph*, *Fic*-

ções, *Discussão*... Depois começou a se repetir e é um péssimo poeta!", diz o Grande Escritor), poder e, principalmente, muita solidão, é o que se vê no mundo literário do "Grande Escritor". E se o conto se encerra quando o narrador retorna desse pesadelo pensado para o bar, para a vida dos porcos-espinhos, não o faz sem a metáfora da literatura, "flores de papel", sendo distribuída e vivida entre todos.

Essa passagem da abordagem direta e irônica da "vida literária" para um ambiente menos livresco e de maior sociabilização parece ser tão simbólica, ou até traumática, em Casas que, no conto seguinte ao "A casa com dez pinheiros", o belíssimo "Asterix, o zelador", não se chega ao núcleo base (um casal, um gato e um porteiro) e, no final, até o núcleo maior (o grupo, a pequena multidão, quase um ritual religioso ou lisérgico, onde o narrador vai ter o seu primeiro *satori*), sem um outro descolamento, sonoro, trocadilhesco, do mundo das altas literaturas para o mundo banal. É na casa de um amigo escritor que o narrador do conto vai receber o livro *Austerlitz*, de W. G. Sebald:

> [...] Livro de um alemão hiperculto que se encontra com um tal Austerlitz, que é mais culto ainda que ele. Não pode passar uma mosca sem que esse Austerlitz a rodeie com todo o pensamento ocidental. E, para cúmulo, Austerlitz se parece fisicamente com Wittgenstein! Os romancistas de língua alemã estão apaixonados pela lenda de Ludwig! O sobrinho de Wittgenstein, o primo de

Wittgenstein, o cunhado de Wittgenstein etc... De modo que deixei o livro fumegando sobre a mesa. Ardiam-me os olhos como se fossem duas velas nas últimas. [...]

Da repetição do nome Austerlitz, o narrador chega a Asterix, não o personagem, mas o porteiro do prédio. Do porteiro do prédio, e através dele, se chega à iluminação. *Touché*. Não que Casas ingenuamente separe vida comum e literatura, muito pelo contrário. Sua geração pôs por terra a crença em qualquer tipo de dicotomia do gênero, e isso é mérito inegável. Mas seu conhecimento literário não foi conquistado como uma espécie de joia a ser acrescentada ao tesouro particular, e sim como uma experiência vertiginosa. Assim é que se pode ver o Albatroz de Baudelaire (ou o de Joseph Conrad) no personagem infantil da escola, sobre quem se diz: "Um anão que dominava a bola que era uma beleza. Jogava mascando chiclete. E era absolutamente horrível. A cara cheia de espinhas, os lábios leporinos. Mas no campo era como um albatroz no céu." De outro personagem se diz que: "Era Paul Valéry convivendo com a torcida do Boca."

No talvez mais lírico relato do livro, "O locutor", Casas abandona um pouco a adolescência e a infância para abrir uma janela e vislumbrar o que pode ser a velhice, o fim. Só para perceber que a mesma criança convive no velho, ou, mais sutilmente, que todas aquelas crianças eram velhos de nascença.

Devem ser destacados o bom ouvido de Fabián Casas para os apelidos, seu tom de voz, que está sempre a um passo da inquietação e da alegria, seu uso desabusado de referências cultas e pop (além da convivência de Darth Vader e Wittgenstein, Astroboy e Hegel, Platão e Xuxa, Mandelbrot e Paulo Coelho, chamo a atenção para a cena em que, enquanto lê *Guerra e paz*, de Tolstói, o narrador de um dos contos do volume diz que seu gato apareceu em casa machucado: "Estava igual ao Coiote quando explodia a bomba Acme." Tolstói e Papa-Léguas, e sempre bombas explodindo em nossas caras). Mas é preciso não se perder de vista uma dimensão fundamental desse autor.

Já se disse que Casas utiliza a ideia de "catástrofe" como procedimento para montar seus poemas, e o mesmo vale para seus contos. Cada situação banal é vista aqui como uma janela aberta para a entrada em cena da tragédia. Perspectiva muito nossa, latina e americana. E não só. De uma juventude fora do lugar: "A ditadura foi a disco music. Estava no lugar errado no momento errado. E se não, vejam-me: no meu quarto."

Na famosa carta de Susan Sontag a Jorge Luis Borges, a autora norte-americana diz que ele tinha um pessimismo tão profundo que prescindia da indignação. Indignação ainda supõe uma fé em que as coisas podem melhorar. É também assim que se pode ler a prosa de Fabián Casas. Não indignada, mas sim desiludida. Um poeta russo que morreu de fome abraçado a seu travesseiro repleto de manuscritos escreveu que o mundo é um brilho tênue no lábio sorridente do enforcado que balança de lá para cá.

Ao apresentar um livro que se abre com uma epígrafe de Schopenhauer, que o autor confessou ser, com o francês Céline e uns poucos outros, o escritor que mais o influenciou, não se cometerá nenhum exagero fechar o conjunto de anotações com a lembrança de outro dito do filósofo, aquele que assevera que "O objetivo de nossa existência não é a felicidade", e que "Só há um erro inato: aquele que consiste em crer que existimos para sermos felizes".

Já houve quem anotasse que esta última afirmação, retomada por Nietzsche no seu "A vida é má e não podemos torná-la melhor", ecoou pelo mundo, paradoxalmente como um consolo. E que Ossip Mandelstam, ao ser deportado para a Sibéria, onde Stálin o deixaria morrer, não estaria pensando em outra coisa ao dizer à sua mulher: "Quem te meteu na cabeça que você deveria ser feliz?"

Como era mesmo a anotação no *Diário* de Kafka? "Não escrevo para não morrer. Mas para morrer diferente."

Da infância narrada no conto de abertura "Os Lemmings", até o conto final, sobre a velhice, e sobre o voltar a ser criança da velhice, ciclo infinito que permite que o livro de fato se feche com um apêndice ao que já se leu no começo, Fabián Casas lança o seu olhar para constatar que todos, os Lemmings e os outros, todos nós, somos os que colocaram na cabeça que deveríamos buscar a felicidade, que as coisas devem fazer sentido, e que a literatura é o lugar privilegiado de se amar isso e duvidar disso.

Este livro foi impresso na Intergraf Indústria Gráfica Ltda
Rua André Rosa Coppini, 90 - São Bernardo do Campo - SP
para a Editora Rocco Ltda.